KB115378

도시의 주인

말리브 장편 소설

FUSION FANTASTIC STORY

도시의 주인 7

말리브 장편 소설

초판 1쇄 찍은 날 § 2014년 7월 14일
초판 1쇄 펴낸 날 § 2014년 7월 21일

지은이 § 말리브
펴낸이 § 서경석

편집부장 § 권태완
편집책임 § 박은정

펴낸곳 § 도서출판 청어람
등록번호 § 제387-1999-000006호
등록일자 § 1999. 5. 31
어람번호 § 제1-1894호

주소 § 경기도 부천시 원미구 부일로 483번길 40 서경B/D 3F (우) 420-822
전화 § 032-656-4452 팩스 § 032-656-4453
http://www.chungeoram.com
E-mail § chungeorambook@daum.net

ISBN 979-11-316-9118-2 04810
ISBN 979-11-316-9005-5 (세트)

도시의 주인

말리브 장편 소설

FUSION FANTASTIC STORY

7 [완결]

- 도서출판 -
청어람

CONTENTS

1장

원칙이 최고의 법률

일주일 뒤에 나는 함흥 고씨 일가가 어떻게 우리 사회를 장악했는지 알게 되었다.

중국 사람을 비하하는 것은 아니지만 상술에서만큼은 천하무적인 이들이다.

중국 시장에 들어간 어지간한 기업들은 지금 울고 있다.

기술은 빼앗기고 인건비는 오르고, 이전에 주었던 혜택은 지금은 없어졌다.

자금 여력이 안 좋은 일부 기업은 더 낮은 인건비와 혜택을 주는 나라로 이주를 해야 한다.

무엇보다 그들은 비정하여 타인에게 인정이 없다.

김동인의 소설 「감자」에 나오는 중국인 왕 서방에 대한 묘사도 사실적이라 할 수 있다.

세계 어디를 가도 그들은 자신이 중국 사람인 것을 잊지 않는다.

그 세계 속에 작은 중국을 항상 만들어 놓고야 마는 족속들이다.

함흥 고씨 일가는 변화하는 세계의 흐름을 놓치고 예전의 방식으로 부를 축적하려고 무리수를 던진 것이었다.

그러니 우리 사회가 썩어도 곪아도 그들은 신경을 쓰지 않는다.

가짜 달걀, 멜라민 분유, 농약 만두, 가짜 우유, 가짜 쌀 등 돈이 되는 것이면 그것이 인체에 좋은지 나쁜지 따지지도 않고 만들어 판다.

물론 우리나라에도 그런 사람이 있지만 정도가 있는 것이다.

그러니 돈을 버는 데 함흥 고씨 일가는 인정사정이 없었던 것이다.

사람들에게 겉으로는 선한 얼굴을 보였다.

물론 모든 중국 사람이 다 그렇다는 것은 아니다.

우리나라 사람들도 충분히 악한 사람이 많으니 말이다.

그러나 이 땅에 정착한 함흥 고씨의 연원은 아편전쟁 때 마약을 다루던 집안으로 알려져 있으니 원래 피조차 나쁜 놈들인 셈이다.

나는 영대자동차의 정망성 회장에게 전화를 걸었다.

―오, 김 회장님이 어쩐 일이신가?

"한번 뵈었으면 합니다."

―그야 뭐 어렵지는 않지만 제가 요즘 정신없이 바빠서요.

"아, 그러면 전화로 말씀을 드리겠습니다."

―그래도 되겠습니까? 저도 한번 만나고 싶기는 한데……

"전기차가 왜 그 모양인 거죠?"

―그게 무슨 말입니까?

"왜 상용화가 안 되냐 말이죠?"

―아, 그 문제요? 아직 배터리 문제도 있지만 가장 본질적인 것은 세금이죠. 전기가 싸니까요. 그리고 저희 회사 입장에서 보면 전기차가 빨리 상용화되면 기술의 평준화가 이루어지니까 달가울 것은 없지요.

"그렇지만 그것은 시간문제 아닌가요?"

―그렇지요. 하지만 이것은 기존의 자동차 회사 모두의 문제입니다. 그래서 인프라가 만들어지기 힘든 것이죠. 이 것저것 얽혀서요.

"하아, 쉬운 것이 없군요."

―그렇지요. 사업을 하다 보면 아주 사소한 것에서 부딪힐 때가 의외로 많지요.

하긴 그렇다.

세상살이는 의외로 사소한 것이 발목을 잡을 때가 있다.

히말라야를 등산했던 나의 경험으로 미루어보아, 등산가의 발걸음을 멈추게 하는 것은 거대한 산이 아니라 신발 속에 든 작은 돌이었다.

인간은 세상의 거대한 문제나 변화보다는 자신의 문제에 더 집착할 수밖에 없다.

정망성 회장과 통화를 하고 나서 왜 전기차가 상용화되지 않는지 이해되었다.

정부의 세수, 정유사, 자동차 회사들의 입장이 맞아떨어져 자꾸 상용화 시기를 늦추는 것이다.

일부에서는 배터리 문제다, 전기 문제다 하는데 그런 문제는 쉽게 극복될 수 있는 것이다.

전기차가 상용화되면 배터리 제조사는 지금과는 비교할 수 없을 만큼의 자본을 배터리 연구에 투자할 것이고, 전기 충전소 문제도 신규 사업을 하려는 회사에 의해 순식간에 해결될 것이다.

인프라 이야기는 어찌 보면 핑계다.

더욱이 우리나라는 법이 정비되지 않아서 전기차가 시내 주행밖에 못한다.

그게 무슨 자동차인가, 오토바이지.

자연은 오래 참아주지 않을 것이다.

올해와 작년에도 세계는 홍수와 같은 자연재해에 의해 극심한 어려움을 겪었다.

아주 작은 것이라도, 자동차 매연이라도 줄일 수 있으면 더 늦기 전에 줄여야 한다.

"하아~ 원수가 눈앞에 있는데 이 무슨 오지랖인가!"

나는 쓸쓸하게 바람이 나무 사이를 스쳐 지나가는 것을 망연히 바라만 볼 뿐이었다.

*　　　*　　　*

나는 다음 날도 출근을 하지 않고 아이들과 놀았다.

당연히 아내와 있는 시간도 많아졌고 어머니에게 안마도 해드리며 살갑게 굴었다.

이 세상에 존재하는 모든 생명체 가운데 내가 죽거나 아프면 마음으로 울어줄 유일한 사람들이다.

눈물 한 방울 흘리고는 바쁘게 자신의 일상으로 돌아가는 것이 아니라, 가슴에 묻고 또 묻어두면서 자신의 생명이

다할 때까지 나를 기억해 줄 사람들.

아이들은 정말 빨리 큰다.

이제 내년이면 유진이가 학교를 갈 나이가 된다.

맏딸이라 그런지 책임감도 강하고 영리하다.

어릴 때 내가 시간이 많아 같이 있으면서 차분하게 설명을 해주고 생각하는 법을 가르쳐 주었기에 또래의 아이들보다는 생각이 깊고 날카롭다.

반면에 현진이는 고집스럽고 개성도 강하고 사랑스럽다.

어떻게 보면 유진이는 나를 닮은 것 같고 현진이는 현주를 닮은 것 같기도 하였다.

이틀을 쉬고 회사에 출근하니 정보분석팀이 보고를 하기 위해 기다리고 있었다.

"아무래도 국정원에서 정보가 새는 것 같습니다."

국정원 출신의 이광수 정보분석관이 말을 했다.

"국정원요?"

"네, 해킹은 아닌 것 같고 국정원에 내부 동조자가 있는 것 같습니다. 그래서 일정 이하의 정보는 자유롭게 열람하는 것이 아닌가 하는 의구심이 생기더군요."

"확실한 증거는 있습니까?"

"저번에 주신 전화기들을 모두 분석한 결과입니다. 오늘 저희에게 주신 자료를 분석해 보면 확실한 결론을 말씀드릴 수 있습니다."

"그럼 최대한 빨리 분석을 해주세요."

"네, 최선을 다하겠습니다, 회장님."

"오늘은 이만하지요, 나가보셔도 됩니다."

직원들이 모두 나가고 국가기관까지 동원되었다면 어떻게 할까, 하는 생각을 오전 내내 했다.

오후가 되어서 국정원이 나에 대한 정보를 알아보았다는 결과가 나왔다.

나는 그 증거를 보고는 어떻게 해야 할지 몰라서 일이 손에 잡히지 않았다.

아무리 생각해도 청와대가 개입되어 있다는 생각은 안 들었다.

대학 다닐 때 교양 강좌에서 대기업 총수가 대통령이 무섭지 않다는 말을 공공연하게 하고 다녔을 정도였으니 함홍 고씨 일가도 대통령을 포섭할 생각은 하지 않았을 것이다.

얻는 것에 비해 지출이 너무 크기 때문이었다.

게다가 사인호가 나에게 끊임없이 관심을 가졌다면야.

사인호는 국정원 직원 중 한 명이었다.

어차피 일은 대통령이 하지 않는다.

그렇다면 실무진만 포섭하면 그만이다.

실무진이 위에 보고를 하지 않으면 눈멀고 귀먹는 거야 일도 아니다.

게다가 실무진은 한 번만 포섭해 놓으면 수십 년간 써먹을 수 있다.

대통령처럼 5년 단위로 교체되는 것이 아니니 말이다.

그렇다면 대통령을 한번 만날 필요가 있었다.

나는 비서실에 청와대 비서실에 전화를 걸어 대통령을 한번 뵈올 수 있을지 알아보라고 했다.

청와대라는 말에 김정숙 비서는 흠칫 놀랐지만 직장 생활 10년차의 관록답게 즉시 청와대 비서실과 연결하여 그쪽의 의향을 물었다.

잠시 후 청와대의 비서실장인 이영록이 전화를 해왔다.

―청와대 대통령 비서실장 이영록입니다. 대통령님을 뵙고 싶다고 하셨다고 해서 확인 차 전화를 드렸습니다.

"아, 예. 국정에 바쁘신 것은 알지만 한번 뵈올 수 있을까 하고서요."

―물론 가능합니다. 이번에 국가를 위해 좋은 일을 하신 것을 아는데 불가능하기야 하겠습니까. 다만 대통령님께서 지금 업무가 많으셔서 스케줄을 맞추기가 쉽지 않을 것 같습니다.

"그렇겠지요. 제게는 중요한 일이라 이렇게 부탁을 드립니다."

이영록 비서실장은 내가 중요한 일이라고 하자 말투가
달라졌다.

─급한 것입니까?

"그렇습니다, 짧은 시간이어도 괜찮습니다."

─아, 저는 공개적으로 대통령님을 만나 뵙게 해드리려
고 했더니 그런 일이 아닌가 보죠?

"그렇습니다."

─다시 연락을 드리겠습니다.

"아, 네."

이영록 비서실장은 나와 대통령이 만나는 것을 정치적으
로 이용하려고 했던 모양이었다.

인기가 많이 떨어진 지금의 대통령이라면 충분히 가능한
생각이었다.

나와 만나면서 자신들이 원하는 것을 이끌어내어 그것을
방송에 터뜨린다면 괜찮은 일이었다. 나라도 그런 생각을
했을 것이다.

다음 날 이영록 비서실장에게 다시 전화가 왔다.

─김 회장님, 대통령님께서는 다음 주 화요일 오전에 잠
깐 시간이 납니다. 미리 한 시간 전에 오셔서 절차를 밟으
시면 될 것입니다.

"감사합니다. 이번에 제가 신세를 졌습니다."

─아이고, 뭐 이런 일로 신세라고까지 말씀을 하시다니. 하하하, 나중에 저도 부탁드릴 일이 있으면 회장님께 말씀드리도록 하지요.

"물론입니다. 잊지 않고 있겠습니다."

이영록은 내가 신세를 졌다는 말을 하자 기존의 사무적인 어투를 바꾸면서 호감을 나타내었다.

그의 목소리를 들으며 나중에 부탁 하나를 들어줘야 할 것 같았다.

이런 사람들은 주고받는 것에 능하다.

그러니 자신이 보인 성의에 합당한 것을 요구할 것이다.

그게 무엇인지는 나도 모른다.

나는 정보분석팀에게 이번 주까지 국정원과 함흥 고씨 일가가 어떻게 연계되었는지 객관적인 자료로 보고하라고 말했다.

이제 나도 할 수 있는 것은 해야 했다.

언제까지 일방적으로 당해줄 수만은 없는 일이었다.

공격이 최고의 방어라는 말은 이미 고전적 명언이다.

전쟁이 나면 가장 기본적인 것은 전쟁터를 정하는 것이다.

당연히 전쟁은 자국에서 하면 안 된다.

그렇게 되면 이겨도 피해가 너무 크다.

공격은 바로 전쟁 장소를 임의로 고를 수 있는 것이라 전략적으로 매우 중요하다.

함흥 고씨 일가에 대한 조사가 본격적으로 시작되었다.

여기에 돈이 엄청나게 들어갔다.

원래 정보비라는 것이 상대가 대단하면 할수록 커지는 법이다.

함흥 고씨 일가의 정보 등급은 특급. 당연히 작은 것 하나를 알아내는데도 들어가는 돈은 상상을 불허했다.

하지만 다행스럽게도 나는 돈이라면 많았다.

시간이 지나면서 들어가는 돈의 액수가 커지면 커질수록 실체가 서서히 드러나고 있었다.

수면 아래 잠긴 적이 무섭지 드러난 적은 하나도 무섭지 않았다.

*   *   *

봄꽃이 거리마다 지천으로 피었지만 마음의 여유가 없었다.

집에는 목련꽃이 흐드러지게 피었다.

그 하얗고 고결한 꽃이 눈부신 자태를 드러내면 정원은 마치 눈이 다시 온 것 같은 느낌이다.

나무에 매달린 아름다운 눈, 꽃잎이 작지도 않은데 고결함을 잃지 않아서 현주가 좋아하는 나무다.

시간은 느리게 흘러갔다.

내가 대통령을 만난다니 좀 어이가 없었다.

사업에 실패하고 죽기를 원했던 과거에서 이렇게까지 변하다니.

마법을 알고 대략적인 미래를 안다는 것이 이렇게까지 내 삶을 변화시킬 줄은 몰랐다.

내 삶이 저번 생과 다르게 되기를 원하여 정말 열심히 살기는 했다.

주식의 등락이 급변한 올해와 같은 해는 정말 골치가 아프다.

그냥 내버려 두어도 되는데 그놈의 이익 실현을 조금이라도 더 내려고 밤잠을 설치며 미국의 주가를 살펴보아야 했다.

능력이 좋든 그렇지 않든 변하지 않는 진실은 남의 돈 먹기는 힘들다는 것이다.

능력이 좋으면 조금 더 먹을 뿐.

월요일이 되자마자 청와대의 경호팀이 나와 사전에 주의해야 할 점과 검사 방법에 대해 숙지시키고 갔다.

충분히 이해를 했다.

일국의 대통령을 만나는데 쉽게 동네 아저씨 만나듯 할 수는 없는 일이었다.

그리고 화요일 아침이 되어 나는 청와대로 향했다.

경호원들은 정중했지만 단호했다. 모든 검사를 마친 후에 나는 드디어 그를 만났다.

"어서 오십시오."

나이가 많은 그가 웃으며 맞이하였다.

내가 그에게 깊이 허리를 굽히고 인사를 하자 그가 웃으며 악수를 청했다.

"뵙게 되어 영광입니다."

"그런 소리는 내가 해야 하는 겁니다. 이렇게 인기가 많은 분을 만나게 되는 것은 정말 뜻깊은 일이군요. 안 그래도 경제인들과 조찬이 있을 때 한번 뵀으면 했는데 그때는 안 나오셨더군요."

"저희 회사가 아직은 작아서요."

"아, 그렇군요. 난 착각을 했어요. 김 회장님이 부자라 당연히 회사도 클 것이라고 예상을 했었는데. 그래도 예전보다 커졌겠죠?"

대통령은 이영록 비서실장에게 물었다.

그는 대통령의 말에 즉시 자료를 보여드리며 회사가 거의 열 배로 커졌다는 이야기를 했다.

"그래요, 기업이 커지면 일자리가 커지죠. 기업이 고용을 많이 해야 하는데, 동원산업은 어떻습니까?"

"동원산업 자체는 지주회사로 바뀌어서 고용 효과는 그리 크지는 않습니다. 그러나 내년에 동원&현에서 중소기업을 지원할까 합니다."

"오, 정말입니까? 정말 반가운 일입니다. 기업들은 지금보다 고용을 더 할 수 있을 텐데."

"아무래도 IMF 때 너무 놀라서 그런 듯합니다. 그리고 사실 투자할 곳도 마땅치 않습니다."

대통령도 요즘 실업률이 증가되어 사회적 문제가 되고 있는 것을 아는 모양이었다.

정치를 잘해도 못해도 인간의 먹고사는 문제는 해결되지 않는 법이다.

능력이 있는데도 운이 없어 고용이 안 되는 사람이 있는 반면에 소수지만 눈이 높아져 취업을 하지 않는 사람도 있기 때문이다.

"허, 그게 문제입니다. 하여튼 오늘 저를 보자고 하셨다면서요?"

"네, 그게 말씀드리기가."

"아, 이영록 실장은 믿어도 됩니다. 나에게 이야기를 하면 어차피 알게 될 터이니까요. 내가 일을 처리하는 것이 모두 이 실장을 통해서입니다."

이영록 실장을 보니 사람 자체는 괜찮아 보였다. 음험한 음모에 개입할 사람으로는 보이지 않았다.

"그러면 믿고 말씀드리겠습니다. 먼저 이것을……"

나는 가져간 서류를 대통령에게 드렸다.

"뭔가요?"

"국정원이 저를 조사한 내용입니다."

"국정원이요? 국정원이 무슨 일로 김 회장님을 조사합니까? 이상하군요. 내가 알기로는 김 회장은 정치적인 발언을 하신 것이 없는 것으로 알고 있는데, 내가 잘못 알고 있었나?"

"아닙니다, 각하. 김 회장은 사회적인 일에 관심을 가지고 있지만 비정치적입니다. 여러 일을 하지만 정치적인 일에는 이때까지 지원한 일이 없습니다."

"그럼 이상하지 않나?"

대통령이 짜증이 난 얼굴로 물었다.

국정원이 민간인을 조사하려면 근거가 있어야 한다.

그렇지 않다면 심각한 일이 될 수도 있다. 이를 인식했는지 이영록 실장도 얼굴이 굳어졌다.

"국정원장 오라고 하게."

"네, 각하."

이영록 실장이 자리를 뜨자 대통령이 조심스러운 어조로 말해 왔다.

"이것은 우리의 의도가 아닙니다. 사업가의 동태를 파악할 이유는 없습니다. 무엇인가 문제가 있는 것 같군요."

"아마도 누군가 사적인 용도로 국정원을 이용하는 것 같았습니다."

"그래요?"

"네."

원래는 20분 내에 면담이 끝나야 하겠지만 사안이 사안인지라 시간이 늘어났다.

30분이 되어 국정원장 나문대가 왔다.

"대통령님, 부르셨습니까?"

"이게 어떻게 된 것입니까?"

"그게……."

나문대는 대통령이 화를 내는 것에 당황해서 받은 자료를 살펴보았다. 그리고 얼굴이 구겨졌다.

"이, 이게… 어떻게?"

"그것을 나에게 물으면 어떻게 합니까? 국정원이 김 회장 테러에 앞장섰다는 증거가 그거 아닙니까? 이게 만약 언론에 알려진다면 당신 옷 벗는 것으로 끝날 것 같습니까?"

"나 원장, 어떻게 된 거요?"

인상을 쓰고 노려보는 대통령의 기세에 나문대 국정원장이 이마에 땀을 손수건으로 닦아냈다.

"급히 알아보겠습니다."

"어떻게 된 것인지 김 회장에게 알리고, 관여한 사람은 모두 파면시키세요. 이런 놈들은 연금도 못 받게 잘라야 합니다. 국가공무원이 사적인 목적을 위해 움직이다니 이게 말이 됩니까."

"죄송합니다, 각하."

국정원장은 도대체 정신을 차릴 수가 없는 듯 보였다.

너무나 화를 내는 대통령도 문제였지만 눈앞에서 자신을 노려보는 나 때문이었다.

"죄송합니다, 김 회장님."

나는 고개를 끄덕이고 아무 말도 하지 않았다.

그가 몰랐을 것이 거의 확실했다.

내가 아는 고씨 일가는 실무진을 포섭했을 확률이 높았다.

굳이 고위급을 포섭할 이유는 없다.

특히 국정원 같은 경우는 실무진 포섭이 훨씬 유리할 수도 있다.

일은 밑의 직원이 하고 윗대가리는 지시만 하니까 말이다.

"어떻게 된 일인지 제대로 말씀해 주시고 조치를 취해 주시면 문제 삼지 않겠습니다."

"물, 물론입니다. 걱정하지 마십시오."

길다면 길고 짧다면 짧은 면담이 끝나고 국정원장이 따라 나왔다.

"저, 김 회장님 잠깐 이야기를 했으면 합니다."

"이야기는 국정원이 성의를 보여준 다음에 해도 늦지 않을 것 같습니다."

"아, 그러지 마시고."

나는 그냥 그와 상대를 하지 않고 나왔다.

청와대의 넓은 정원을 지나오면서 생각보다 일이 쉽게 풀린 것을 알았다.

이제 시작되었다.

내가 의도하는 대로 잘될지는 모르지만 지체하지 않고 반격할 것이다.

승리하는 그날까지 쉬지 않고 Stay hungry, Stay foolish!

2장

변경, 사라진 세음

대부분의 힘을 가진 자들은 자신들이 공격을 받을 수 있을 것이라는 것을 망각하는 경향이 있다.

한 번도 공격을 받아보지 못했기 때문이다.

그래서 간혹 방심한 거대 기업이 한 방에 무너지는 것이다.

교만은 방종을 부르고 방종은 위기를 가져오게 만든다.

그래서 인간은 언제나 승리하는 사람보다는 가끔 실패도 하는 사람이 오히려 훌륭한 삶을 살 확률이 높다.

자신의 삶을 뒤돌아보지 않는 사람은 교만한 사람이다.

자기 성찰은 더 높은 곳으로 올라가려는 사람이나 소소한 행복을 누리려는 사람이 해야 하는 에피타이저 같은 것이다.

아내에게, 혹은 아이들에게 미안한 마음을 갖거나 사과를 하는 것은 자신의 삶을 돌아보는 성찰 없이는 불가능하다.

가장이기 때문에, 돈을 벌어다 주니까 난 그런 것은 필요 없어, 하고 버티면 불행해지는 것은 오히려 자신이다.

그 고생을 하고서도 가족으로부터 진정한 사랑이나 존경을 받을 수 없다.

자기 성찰을 잃어버린 권력, 기업, 가문은 결국 도태되게 마련이다.

브레이크 없이 질주하는 차의 결말은 뻔하다.

성찰은 우리 삶의 브레이크와 같은 역할을 한다.

인간이 최소한도의 인간임을 잊지 않게 해주는 것, 자기 성찰.

자아가 분열될 때마다 나를 바로잡아주는 가족에 대한 고마움의 표시가 내면적 성찰에서 이루어진다.

그래서 돈이 가져다주는 무게에서 벗어나 진정한 가족애

를 볼 수 있는 것이다.

사랑하는 가족을 위해서라면 내 자존심 따위는 문제가 되지 않는다.

자존심을 버리면 버릴수록 되돌아오는 것은 가족의 무한한 존경과 사랑이다.

함흥 고씨 일가는 대한민국을 사랑하지 않는다.

그래서 그들은 자기 성찰을 하지 않는 것이다.

아무렇게나 대하고 이용하고 버린다. 달콤한 처세술만 있어 사람들의 눈만 가린다.

그들을 생각하면 한숨만 나온다.

너무나 우리 사회에 깊숙이 뿌리를 내려 이제는 어찌할 수 없는 거대한 덩어리가 되어버린 존재들.

우리 사회의 비틀린 일부이기도 한 그들을 바라보면 볼수록 힘없는 우리 민족의 한이 기억날 뿐이다.

힘이 없어 침략을 당하고 힘이 없어 이용당하고, 이제는 그럴 때가 지났음에도 여전하다.

눈이 부시게 아름다운 하늘이 오늘따라 서럽다.

구름과 바람도 좋다.

일도 잘되었다.

그럼에도 나는 왜 이리 서러운가.

삶을 살아가는 것이 이렇게 매순간 원하지 않는 싸움에

내몰리게 한다.

직장에 가서 직장 상사에게 원하지 않는 책망을 들으며 싫어하는 일을 한다.

거래처에 가서 이런 식이면 거래를 끊겠다는 소리도 듣는다.

그래도 참아야 하는 것이 인생이다.

이 굴욕을 먹고 나의 새끼들이 자라니까.

인간으로서 아비로서 당연히 해야 할 일이다.

조창인의 소설 「가시고기」가 말해주듯, 부모는 자식에 대해 한없는 애정을 가진 존재다.

가시고기는 민물에서 태어나 바다로 간다.

그리고 때가 되면 고향으로 돌아와 알을 낳는다.

수컷이 수초로 집을 지으면 암컷의 구애가 시작되고 알을 산란한 암컷은 떠난다.

수컷 가시고기는 자식을 위해 8일간 떠나지 않고 알이 부화되기까지 둥지를 지킨다.

알을 노리는 다른 물고기와 거북이를 8㎝의 작은 몸으로 버티면서,

그리고 둥지에 산소를 공급해 주기 위해 밤새 꼬리를 부채처럼 흔든다.

알들이 깨어나면 8일간 아무것도 먹지 못한 수컷 가시고

기는 쓰러져 죽어간다.

어쩌면 이 땅의 아비가 모두 가시고기와 같다.

희생하지 않으면 자식들의 미래가 없으니 모욕도 멸시도
참아낸다.

사랑이라는 둥지를 무너뜨리지 않게 하기 위해서는 어쩔
수가 없다.

대한민국이라는 둥지를 허물어뜨리려는 세력이 함흥 고
씨 일가인지는 모른다.

애국심도 그다지 변변치 않은 내가 그런 것을 따질 계제
는 아니다.

하지만 소시민의 한 사람으로 화를 낼 수는 있지 않은
가.

비록 나서지 못한다 하더라도 말이다.

그런데 싸움을 걸어왔으니 피할 수도 없는 노릇이다.

사람을 죽이는 일은 유쾌하지 않기에 가능하면 피하고
싶었다.

하지만 국가권력기관까지 동원하여 나를 감시하고 테러
를 일삼는 집단이라면 어쩔 수가 없다.

이렇게 내 마음에 최면을 걸고 묵묵히 나아간다.

정보분석팀이 모아오는 정보는 날이 갈수록 많아졌다.

세상에는 비밀이 없다.

자신은 아무도 모르게 했다고 확신을 해도 목격자는 나타나게 마련이다.

그래서 '밤말은 쥐가 듣고 낮말은 새가 듣는 다' 라는 속담이 나온 것이다.

먹고살면 되었지 얼마나 부귀영화를 누리려고 사람을 죽여 가면서까지 그러는지 내 머리로는 이해가 되지 않았다.

나도 언젠가 들킬 수 있으니 가능한 마법을 사용하지 않는 것이 좋다.

내가 마법을 사용하는 것을 누가 본다면 외계인을 보았다 할 것이고 만약 국가의 정보기관이 알아차리면 대대적인 조사가 진행될 것이다.

눈을 감고 한참 만에 눈을 뜨니 이미 집에 도착했다.

마당에서 산책을 하고 있던 현주가 나를 보고 달려온다.

"어머, 웬일이에요?"

"그냥, 당신 보려고."

"피이, 그 거짓말 너무 좋아요."

바람이 살랑거리는 정원에 현주와 단둘이 걷는다.

손을 잡고 걷는데 오늘따라 현주가 더욱 어여쁘게 보인다.

"우리, 방으로 가지."

"왜요? 난 당신하고 같이 걷는 것이 좋은데요."

"방에서 당신하고 할 게 있어."

"나하고 무슨……."

말을 마치지 못하고 현주는 얼굴이 붉어졌다.

흘깃 나를 훔쳐본다.

나는 못 본 척 그녀의 손을 잡고 이끈다.

"아직 낮인데."

"아이들은 유치원에, 어머니는 외출하셨는데 뭐가 문제가 돼?"

"그건 아니지만."

탐스러운 머리를 쓰다듬었다.

맑고 큰 눈이 나를 빤히 바라본다.

그녀의 허리를 가슴을 어루만지다가 옷을 하나씩 벗긴다.

이윽고 나온 탐스러운 가슴과 잘록한 허리.

잡은 손이 뜨거워졌다.

여기는 내가 그토록 지키고 싶어 하는 나만의 둥지.

아내를 꼭 안고 숨결을 맡는다. 언제나 다정하고 달콤한 호흡과 몸짓.

나는 아내의 입술에 가볍게 키스를 한다.

아내가 흥분이 되었는지 몸을 비틀었다.

"으~"

언제든 나를 맞아주는 그녀로 인해 나도 모르게 나직한 신음이 튀어나왔다.

내 인생의 가장 큰 행운은 과거로 돌아온 것이 아니라 현주를 아내로 맞이한 것이다.

나는 아내를 부드럽게 안고 움직였다.

달콤하고 부드러운 키스 뒤라 어느 때보다 더 깊었다.

부부가 섹스를 하는데 이유가 없다.

그냥 하고 싶어서다.

그런데 부부간에 하는 섹스는 말보다 훨씬 진한 표현이라 일상의 섭섭함이나 오해를 털어버리게 한다.

그래서 부부간의 싸움은 칼로 물 베기라는 말이 있다.

그런데 인간은 마음이 식으면 몸도 저절로 식는다.

그래서 문제가 되는 것이다.

어른들이 각방은 어떤 일이 있더라도 쓰지 말라는 이유가 여기에 있다.

남녀가 각방을 쓰는 것은 이제 같은 장소에 있기 싫다는 것을 넘어 섹스를 절대 같이할 수 없다는 표현이다.

이 무언의 강력한 표현을 상대는 쉽게 알아듣는다.

그리고 그도 마음의 문을 닫는다.

섹스의 거부는 인간의 원초적인 자존심에 상처를 주는 것과도 같은 것이다.

각방을 쓰지 않고 한 방에 부부가 같이 있으면 언젠가는 성적 충동을 받은 측에서 먼저 유혹하게 된다.

같은 공간의 은밀한 침실에서 상대방의 유혹의 손길을 물리치기란 쉽지 않다.

그리고 부부간에 그 유혹을 굳이 물리칠 이유가 없는 것이다.

나는 아득히 멀어져 가는 의식의 끈을 부여잡고 이런 생각을 하고 있었다.

그녀를 안고 그녀 안에서 우리는 하나라는 것을 느끼며 미치도록 서로를 갈구하는 것은 정말 멋진 일이다.

나는 그런 그녀를 조심스럽게 안아서 옆으로 뉘었다.

그러자 호흡이 점차 정상으로 돌아와 살포시 안긴다.

나는 그녀를 안으며 다시 그녀 안으로 들어갔다. 그러자 눈이 커진 그녀가 또요, 하고 묻는 듯하다.

"싫으면 안 하고."

"그럴 리가 없죠, 난 당신이 힘들까 봐서요."

"난 아직 안 했어."

"칫, 미워요."

나는 입맞춤을 했다.

"아, 정말 못 말려."

여전히 부끄러운 듯 손으로 가리려다가 흥분으로 내 머리를 부여잡는다.

어떻게 보면 그녀는 이 은밀하고 망측한 행위를 더 좋아하는 것 같기도 하였다.

나는 이만큼 당신을 사랑해, 하는 표현으로 입을 맞추는 것이다.

다시 그녀 안에 들어가 몸을 움직이자 그녀는 곧바로 호응을 하며 움직이기 시작했다.

나는 초원을 달리고 산을 오르다가 넓은 바다를 만났다. 그리고 잠이 들었다.

잠시 잠이 들었다가 일어나니 현주가 백합보다 더 활짝 피어 있었다.

"일어났어요?"

"응."

"이제 아이들 올 시간이에요. 일어나서 샤워하세요."

"응."

나는 현주의 채근에 샤워실로 도망 와 미지근한 물에 샤워를 했다.

몸은 젊어졌어도 이제 나이가 들었는지 차가운 물은 왠지 싫었다.

요즘 들어 뜨거운 물에 몸을 담그는 것이 은근히 좋았
다.

아이들이 돌아와 함께 놀아주고, 저녁을 먹고 잠을 잤
다.

3장
지면전

회사에 출근하여 어떻게 투자했는지 보고를 받았다.

내가 지시한 반사회적인 기업은 가능한 주식을 많이 매집해 놓았다.

남강실업이라?

주로 남영건설의 하도급을 맡아서하는 건설 회사로서 의외로 탄탄한 회사다.

그런데 이 기업은 피도 눈물도 없다.

악덕 기업의 대명사라고 할 수 있는 것은 다 한다.

'적대적 M&A를 해도 되겠군.'

나는 직원들에게 우호지분을 확보하라고 지시를 내렸다.

징벌적 보상 제도에 반대했던 기업 가운데 하나다.

남강실업 외에도 몇몇 회사에도 적대적 M&A를 하라고 따로 지시를 내렸다.

남강실업은 약간의 지분 확보만 하면 경영권 인수가 가능하지만 다른 회사는 솔직히 M&A가 쉽지는 않은 상태였다.

뭐, 그래도 상관은 없었다.

인수합병을 해도 내게 남는 것은 그다지 없었다.

인수합병을 하면 복잡한 게 하나 둘이 아니다.

손쉽게 주식으로 돈을 벌 수 있는데 괜히 골치를 썩을 필요가 어디 있겠는가.

정신 차리게 혼을 내주는 것에 의미가 있었다.

증권가의 찌라시에서 동원산업이 적대적 M&A를 시작한다는 말이 나오자 해당 기업들은 난리가 났다.

단순한 투자인 줄 알고 안심하고 있다가 뒤통수를 맞은 격이었다.

너희도 고생 좀 해보면 당하는 입장을 이해하겠지.

그냥 눈물이 아니라 피눈물이라는 것을 너희도 알아야 다시는 그런 짓을 못하게 되겠지.

징벌적 보상 제도에 반대하는 것도, 하청 업체를 쥐어짜는 것도 다 이익을 극대화하기 위한 것이다.

그런데 그러면 뭐하는가.

회사가 넘어가면 죽 쒀서 개 주는 꼴이 되는걸.

이렇게 시간은 흘러갔다.

폭풍 전의 고요처럼 세상은 조용하기만 했다.

그리고 국정원에서 전말을 말해주었다.

팀장급 몇몇이 개입되어 있어 그들을 파면했다고 통보해
왔다.

그리고 나문대 국정원장을 만나게 되었다.

"국정원 내에 사사로운 조직이 있어 그들은 지위고하를
막론하고 직위해제를 하였습니다. 당분간 국정원이 어렵게
될지도 모르지만 국가권력을 사사로이 움직이는 자들에 대
한 징계치고는 경미한 것이죠. 그런데 이놈들이 아직도 정
신을 못 차리고 항명을 하려는 기미가 보이고 있습니다. 저
도 무척이나 난감합니다."

"수고하셨습니다. 그런 자는 제게 알려주십시오."

"아니, 왜?"

"저에 대한 테러의 주범으로 지목하겠습니다."

"헉!"

그는 한참 동안 이야기를 하고는 마지못해 그들의 명단
을 넘겼다.

나는 곧장 언론에 국정원의 일부 사특한 무리가 국가권력을 사사로이 이용했다, 그들은 내게 테러를 자행한 세력으로 보이며 그 배후에는 유력한 가문이 있다고 터뜨려 버렸다.

내가 언론에 터뜨리자 국정원에서도 바로 그 사실을 인정했다.

대한민국이 발칵 뒤집혔다.

그리고 인터넷에서는 연일 그 유력한 가문이 누구냐는 것에 초점이 맞춰지고 있었다.

나는 슬쩍 인터넷에 함흥 고씨 일가에 대해 흘렸다.

이렇게 전면전이 시작되었다.

하지만 나는 함흥 고씨 일가 대부분의 명단을 손에 쥔 상태였다.

두려울 것도 두려운 것도 없었다.

전쟁터는 고씨 일가로 정해졌으니 말이다.

―MBS 이창렬 기자입니다. 저는 지금 국정원에 나와 있습니다. 국정원 간부가 사사로이 권력을 남용했다는 증언이 나왔으며 국정원이 이 사실을 인정했습니다. 어떻게 된 것인지 알아보도록 하겠습니다. 우리나라의 대표적인 기업가인 김이열 동원산업 회장은 대한민국이 낳은 세계적인

투자가입니다. 이미 알려진 대로 Youtube와 안드로이드에 투자하여 막대한 수익을 올렸을 뿐만 아니라 주식으로는 수십조나 되는 돈을 벌어들였습니다. 그리고 작년에 3조를 출연하여 동원&현이라는 비영리 재단을 만들었습니다. 이 재단에서는 가난한 대학생들에 대한 장학금을 지원하고 지적재산권을 보호하기 위해 대학교수의 특허 등록을 돕고 있습니다. 그리고 올해는 중소기업을 위한 프로그램을 개발 중이라고 합니다. 김이열 회장은 우리 사회에 이런 좋은 일을 하는 사람인데요, 누가, 왜 테러를 하였을까요? 의문이 아닐 수 없습니다. 자유민주주의 국가에서는 서로 다른 의견이 있을 수 있습니다. 그런데 자기 마음에 들지 않는다고 테러를 자행하는 가문이 있다는데요, 이는 중동의 테러 단체와 다른 점이 도대체 무엇인가요? 과연 우리 사회를 뒤에서 마음대로 주무르는 검은손이 있을까요? 동원산업에서 발표를 한 것이나 국정원이 인정한 것을 본다면 분명히 누군가가 있는 것이 틀림없습니다. 그러면 우리는 우리 사회를 좀먹는 그들을 용납해야 할까요?

이창렬 기자가 말하는 도중에 자막이 나오자 그는 급하게 하던 말을 정리했다.

―아, 지금 방금 새로운 속보가 들어왔다는군요. 저는 잠시 후에 다시 찾아오겠습니다. 데스크 나와 주세요.

화면이 바뀌고 MBS 차세영 앵커가 화면에 나왔다.

―방금 이창렬 기자의 보도대로 동원산업의 김이열 회장이 작년에 테러를 당했습니다. 그런데 이를 사주한 가문이 중국계 한국인이라는 정보가 들어왔습니다. 상당히 믿을 만한 곳에게서 제공받은 정보에 의하면 이 가문은 이미 100년 전에 이 땅에 들어와 일제시대에 우리 민족을 배반하고 일본 기업과 밀월을 즐겼다고 합니다. 그리고 불법적인 일을 무수히 자행했는데요, 더욱 놀라운 것은 이들이 겉으로는 아주 선한 일을 하는 것처럼 포장했다는 것입니다. 우리 사회를 검은돈으로 유린한 그들은 과연 누구일까요. 조만간 밝혀지겠죠. 이미 대검의 중수부까지 나서서 조사를 하고 있다고 합니다.

아직까지는 언론들도 민감한 사안이라 조심스럽게 다루고 있었다.

하지만 인터넷 신문들이 떠들면 수면 위로 함흥 고씨 일가가 나타나는 것은 시간문제였다.

나는 TV를 끄고 다음 작전을 세웠다.

시민단체가 나를 위해 나서게 만드는 것이다.

시민단체는 우리 사회에 부당한 일이 벌어졌음을 말함으로써 빛과 소금의 역할을 한다.

나는 은근히 시민단체의 대표들에게 소스를 주었다.

그들이 나서주든 아니든 그것은 이제 그들 자신들의 판단에 달렸다.

물론 앞으로 적극 협조하는 곳에 마음이 더 많이 갈 것임에 틀림없었다.

내 목숨을 지키는 일인데 이것저것 따질 계제가 아니었다.

일단 그들의 무력을 먼저 끊어야 했다.

그래서 그들이 있는 곳을 추적해 들어가기 시작했다.

정보와 무력이 끊기면 아무리 똑똑해도 할 수 있는 게 별로 없다.

나는 차분하게 그들의 행동을 예의주시하며 독하게 마음먹기로 했다.

이는 나와 내 가정을 지키는 일이기도 하였으며 사회의 암적 존재를 제거하는 일이기도 했다.

여기저기서 밀려드는 인터뷰 요청을 거절하며 나는 은밀하게 밤에 움직이기 시작했다.

한 명을 찾아가 정보를 얻고 다른 놈에게서 또 다른 정보를 얻으며 그들의 세력을 약화시켜 나갔다.

함흥 고씨 일가가 완전히 이 땅에서 없어진다고 해도 무력 단체가 남아 있으면 우리 사회에 도움이 되지 않을 것이다.

＊　　＊　　＊

'저기란 말이지?'

철옹성처럼 견고한 성채가 눈앞에 우뚝 서 있었다.

나는 그 모습을 그냥 바라만 보았다.

빨리 끝내고 싶었지만 숨겨진 발톱이 어디에 있는지 아직은 몰라 머뭇거렸다.

결국 직접 잠입해서 알아보는 수밖에 없었다.

간단한 도움닫기만으로도 몸이 허공으로 5미터 이상 떠올라 가볍게 담을 넘었다.

"컹컹."

거대한 사냥개가 뛰어왔지만 슬리핑 마법에 의해 중간에서 잠에 빠져버리고 말았다.

역시 후각이 예민한 개는 속이기 힘들었다.

나는 지붕으로 올라가 인터넷 선을 찾았다. 그리고 내 스마트폰에 연결했다.

'이걸 클릭하면 바이러스가 뿌려진다고 했지?'

조용히 시간을 기다렸다.

내가 연결한 인터넷 선으로 바이러스가 침투해 갔을 것이다.

잠시 후에 집 안 곳곳이 폰 화면에 보이기 시작했다.

'성공했군.'

나는 조심스럽게 스마트폰에 비치는 곳을 피해 집 안 곳곳을 뒤졌다.

정보분석팀이 강화되면서 특수한 능력을 가진 기술자들이 대거 영입되었다.

나는 그들에게 프로그램을 받아서 써먹고 있는 중이었다.

틈틈이 그들에게 정보통신 기계를 다루는 방법을 배우기도 하였다.

몇몇 곳에는 열화상 카메라가 있었다.

만약 예전처럼 돌아다녔다면 큰일 날 뻔했다.

하지만 아무리 좋은 CCTV로 감시를 한다 해도 피해 버리면 그만이다.

아무리 봐도 감탄이 나온다.

청와대보다 더 호화로운 저택을 보며 이들이 진짜 황족

처럼 살고 있다고 생각했다.

이렇게 살려고 사람을 죽이고 약자를 억압했는가, 하는 생각이 들자 화가 났다.

죽으면 가져가지 못하는 돈을 위해 아웅다웅하는 이들에게 화가 나면서 동시에 가엾기도 했다.

행복의 가치를 물질에 둔 사람들.

그래서 물질의 노예가 되고 탐욕으로 자신들을 망치는 사람들.

문을 열자 늙은 남자가 손녀보다 어린 여자와 한창 관계를 갖고 있었다.

'그러고 보니 고씨 가문의 최고령자 중의 하나였군.'

말상의 긴 얼굴에 완고해 보이는 입, 날카로운 눈매를 가진 남자였다.

나는 남녀의 행위가 끝나기를 기다렸다. 잠든 그의 얼굴은 평화로워 보였다.

여자에게 슬립을 걸고 남자의 심장에 손을 가져다 대었다.

마나를 손을 통해 그의 심장으로 집어넣어 아주 가늘고 길게 감쌌다.

"위크니스."

"컥."

그는 잠을 자다가 심장을 움켜잡았다.

나는 저들을 다 죽일 것이다.

하지만 아직은 아니었다.

위크니스가 발현되었으니 시름시름 앓게 될 것이다.

이 늙은 남자의 이름은 고명화다.

고씨 가문의 최고령자 중 하나이자 실질적으로 가문을 운영하는 사람 중 하나였다.

고명화에게 위크니스를 걸어두었으니 점차 달라지는 것이 있을 것이다.

고명화의 심장에 남아 있는 마나들이 고명화의 심장을 서서히 갉아먹을 것이기 때문이다.

죽일까 말까 하다가 아직은 좀 더 조사를 해야 할 것 같아서 내버려 둔 것이다.

뭔 놈의 가문 하나가 이리 막강한지 파고 또 파도 만수산에 얽힌 드렁칡처럼 사람과 사람이, 가문과 가문이 얽혀 무엇이 원뿌리인지 파악하기가 쉽지 않았다.

나는 집을 뒤지면서 이들이 나에 대해서 치밀한 정보를 모으고 있으며 나를 죽이기 위해 다시 계획하고 있음을 알아차리고 놀랐다.

참으로 끈질긴 놈들이었다.

일단 노리면 끝을 보는 족속들인 것 같았다.

최근 언론이 너무 많이 떠드니 잠시 유보가 된 상태였다.

이렇게 담을 넘지 않았다면 나는 또 한 번 더 어이없게 테러를 당할 뻔했다.

이들은 나와 철천지원수라도 되는 듯 나를 노리고 또 노렸다.

나는 피식 웃었다.

이제는 나도 이들을 죽이면서 눈 하나 꿈쩍하지 않을 것 같았다.

사람은 한 번 넘지 말아야 할 선을 넘으면 죄책감을 가지는 양심의 잣대가 둔해진다.

나도 요즘 살인이나 폭력에 둔감해지고 있었다.

내가 저지른 죄로 인해 운다고 하더라도 지금이 아닌 나중에 울 생각이었다.

내 가족을 지킨 후에 내 자신을 비웃어도 늦지 않다.

나는 계속 아방궁처럼 호화로운 저택을 뒤졌다.

이런 유서가 깊은 가문은 고전적인 방법으로 그들의 부를 숨겨두는 경향이 있다.

물론 이렇게 무턱대고 뒤진다고 특별한 것이 나오는 것은 아니다.

하지만 운이 좋으면 의외로 큰 것이 걸릴지도 모른다.

투명화마법을 펼치고 아방궁을 돌아다니고 있는데 은밀

한 소리가 두런두런 들려온다.

"그래서 어떻게 하나?"

"김이열을 죽여야 합니다. 그는 위험한 자입니다."

"하지만 우리가 이런 상황 속에서 어떻게 그것을 한단 말인가. 그리고 언제까지 우리가 이렇게 강하게만 나간단 말인가? 그리고 그는 굉장히 여론이 좋은 자 아닌가? 그런 자를 왜 자꾸 건드린단 말인가?"

"그러나 우리는 계속 우리의 원칙을 지켜야 합니다."

"하아, 썩었어. 너무 오래 해먹더니 가문 자체가 썩었어. 남을 등쳐먹으려면 밑밥을 깔아야지, 이건 날로 먹으려는 것이네. 나는 강력하게 중지를 원하네. 그를 죽여 봐야 우리가 얻는 게 뭔가? 그는 3조나 사회에 기부한 자야. 우리 가문이 그를 건드려서 이제는 표면으로 드러났네. 게다가 그는 우리가 예상하는 것보다 더 강한 자야. 만약 그를 제거하려면 이런 식으로는 곤란해. 그는 수많은 경호원 사이에 있어. 두 번이나 그를 죽이려고 했는데 실패했네. 그런데 두 번째에 동원되었던 아이들은 소리도, 흔적도 없이 사라졌네. 그는 우리가 모르는 힘을 가진 자야. 가문은 도대체 뭘 하겠다는 것인가?"

이 소리까지 들리고는 더 이상의 말소리는 들리지 않았다.

무슨 밀담을 나누고 있는지 소곤거림은 어렴풋하게 들려왔다 사라졌다.

목소리가 들려오는 곳은 문이 없어서 침투가 원천적으로 불가능하였다.

100년이나 된 가문이다.

이들은 지금까지는 치밀하게 잘해왔다.

하지만 변화하는 시대의 흐름을 따라잡는 데 실패했다.

마치 일본 기업들이 과거의 영광에 취해 디지털 시대로 접어들 준비를 하지 못해 모든 기회를 잃어버린 것과 비슷했다.

과거의 영광이 화려하면 할수록 현실에 적응하기 힘들다.

'내가 옛날에는 말이야 잘나갔었어.'

이런 말을 하는 사람은 결코 그 상황을 벗어나지 못한다.

과거야 어떻든 지금이 중요하다.

그리고 현실을 바로 인식하고 문제를 헤쳐 나가려는 의지와 노력이 필요한 것이다.

도대체 어떤 사람들이 모여서 이야기를 하는지 몹시 궁금했지만 알 수 있는 방법이 없었다.

벽을 뚫고 들어갈 수는 있지만 그렇게 되면 저들이 눈치를 채는 것은 불을 보듯 뻔하다.

그들이 나누는 이야기는 바로 나에 대한 것이었기에 더욱 궁금하였다.

아마도 나를 치자는 의견과 그러지 말자는 의견이 갈리는 모양이었다.

광오한 자들이었다.

온 나라가 들끓고 있음에도 끄떡하지 않고 기존의 방법을 고수하는 자들이 가지는 교만함에는 끝이 없었다.

오늘은 이만 철수해야 할 것 같았다.

더 이상 얻을 것이 없어 보였다.

나는 지붕으로 올라가 좀 전에 꽂아두었던 장비를 회수하였다.

'자, 복원.'

나는 장비를 사용하여 내부에 침투한 흔적을 완전하게 지워 버리고 집으로 돌아왔다.

방에는 현주가 아이들을 안고 잠들어 있었다.

나는 서재로 가 마나 수련을 하고 그곳에서 잠을 잤다.

오랜만에 딸이 다니는 유치원에 가보았다.

나는 내 딸만 예쁜 줄 알았는데 유치원에는 예쁘고 귀여운 아이들이 많았다.

새로 인수한 유치원에서 아이들은 신나게 뛰어놀았다.

유치원비는 기존의 금액에서 조금 내린 반면 아이들의

식사나 간식, 그리고 시청각 교육 등은 비약적으로 발전했다.

당연했다.

내 딸이 먹고 볼 것들이니 말이다.

교사들이 보강되고 월급도 올랐다.

무엇보다도 사회적 문제가 되는 왕따에 대해서는 철저하게 교육을 했다.

경쟁할 수밖에 없는 구조를 가진 사회이지만 어릴 때만큼은 협동을 배우게 하고 싶었다.

그래서 짝 칭찬하기, 예쁘게 웃어주기, 친구가 힘들 때 도와주기 등을 교육하고 있었다.

아이들은 쉽게 배우고, 또한 배운 것을 잘 잊어버리지 않는다.

어른이 한 번 약속한 것을 아이들은 기억한다.

그러니 어릴 때 올바른 교육을 하는 것이 매우 중요하다.

잠시 아이들을 보고 회사로 출근했다.

오늘 밤에도 나는 또다시 그곳으로 가야 한다.

피곤하고 지루한 싸움이 시작되었다.

이제는 함흥 고씨 일가 사람들을 대부분 파악했으니 이들을 어떻게 처리할 것인지만 남았다.

다 죽이느냐, 아니면 수뇌부 몇 명만 죽이느냐 하는 점

말이다.

문제는 이들을 죽이면 무너지는 기업이 꽤 많다는 것이다.

사회적인 파장을 걱정하지 않을 수 없다.

한 번 악마가 되느냐, 끝까지 인내를 가지고 저들이 변화할 때까지 기다리느냐를 결정해야 했다. 그런데 정말 저들은 변할 수 있을까?

내 사건 다음으로 요즘 전국을 강타하는 것은 '부추밭 사건'이다.

인터넷 카지노를 불법으로 운영했던 자가 검거되기 전에 110억이나 되는 돈을 부추밭에 숨겨 두었다는 것이다.

나는 뉴스를 보고 웃었다.

참 사람도 여러 종류다.

피곤하다고 느끼며 잠시 눈을 감았다.

밤을 지새우고 돌아오니 TV에서 천안함 피격 잔해를 건져 올리고 있었다.

그 모습을 보고 유진이가 '와, 배다. 그런데 아빠 저건 왜 저래?' 하고 물었을 때 뭐라고 대답할 수 없었다.

아무리 내가 아이의 질문에 자세하게 설명해 주는 것을 원칙으로 가지고 있다지만 어린아이에게 민족의 슬픔을 이야기해 주기는 그랬다.

나는 유진이의 눈을 보고 말했다.

'네가 어려서 아직 알려주고 싶진 않아. 어릴 때는 좋은 것만 보고 들어야 하거든' 하니, '아하, 그렇구나' 하고 더 이상 묻지 않았다.

아이도 이제는 자기들이 알아서는 곤란한 것이 있는 것을 안다.

아이들이 자라는 것이 한없이 즐거우면서도 약간은 섭섭했다.

아마도 아버지로서 아이들의 예쁜 모습을 조금이라도 더 눈에 담고 싶어서 아닐까.

나는 우리 사회의 일그러진 모습을 보았다.

왜 사람들이 의견이 다르다고 투쟁적으로 변하는지 모르겠다.

자신이 아는 사실이 꼭 진실이라는 보장은 없다.

인간을 존중하고 배려하면서 서로 차분하게 이야기를 해도 되는데 너무 전투적이다.

자식을 잃어보지 않은 자는 그 슬픔을 모른다.

민우를 먼저 보냈기에 나는 다른 것보다 숨겨간 그들이 더 마음에 남았다.

군인은 어떠한 상황에서도 국민의 존경을 받아야 한다.

그래야 국민을 위해서 싸울 것이 아닌가.

나머지는 그다음에 하면 된다.

죽음보다 애달픈 것은 없다.

어떻게 한다.

적들을 어떻게 해야 하나.

밤마다 고씨 일가에 잠입하여 정보를 모았다.

고씨 일가는 고명화의 병으로 인해 허점이 많이 노출되어 조사를 하기는 좋았다.

젊은 여자와의 정사 후 급격히 나빠진 것이라 그들은 심근경색을 의심했다.

잘못하면 복상사를 당할 수도 있으니 가문이 쉬쉬하는 가운데 주치의가 다녀갔다.

조사를 하다 보니 이들이 대만에 거대 기업을 가진 것을 알게 되었다.

그곳과 거래를 하는 것으로 처리하면서 한국에서 벌어들인 돈을 빼돌리고 있었다.

의아했다.

귀화까지 했으면서 왜 돈을 빼돌리는지.

시간이 지나면서 이유를 알게 되었다.

그들은 중국에 거대 자금을 투자하고 있었다.

중국 정부가 화교를 인정하고 외국 자본을 인정했을 때

발 빠르게 움직인 것이다.

물론 그 이전부터 이들은 해외투자를 하고 있었다.

돈이 몰리는 곳에 탐욕스러운 이들이 참여하지 않을 리가 없었다.

시간이 그렇게 지나갔다.

나는 그들에 대한 판단을 계속 미루었다.

나는 내 인생의 방향을 어떻게 해야 할지 몰라 힘든 시간을 보냈다.

4장

꿈의 크다

오랜만에 서점에 갔다.

많은 책이 반겼지만 정작 눈에 들어오는 것은 없었다.

조지 R. R. 마틴의 『얼음과 불의 노래』를 영문판으로 구입하고 수첩도 구입했다.

수첩은 자주 사는 편이다.

비서가 사오긴 했지만 그다지 마음에 드는 것이 아니었다.

게다가 나는 이렇게 직접 사는 것을 선호한다.

사람들을 구경하고 마음에 드는 물건을 고르는 것이 좋

아서다.

햄버거를 하나 사서 자리에 앉았다.

콜라를 마시고 포테이토를 먹었다.

햄버거를 한입 베어 먹으려는데 꼬마가 물끄러미 바라본다.

"왜?"

나는 귀여운 여자아이를 바라보며 물었다.

"아저씨, 나 다리 아파."

"응? 그러면 앞에 앉아도 돼."

"헤헤, 고마워요."

"항아야, 그러면 실례야. 아저씨가 곤란해하시잖아."

고개를 들어 바라보니 젊은 엄마가 딸을 바라보고 있었다.

"어머, 어머. 김이열 회장님, 맞죠? 맞으시죠?"

아기 엄마가 자리에 앉으며 나를 바라보며 놀라 묻는다.

"아, 네. 제가 TV에는 몇 번 나갔었죠."

"아, 좋은 일 많이 하는 거 들어서 알고 있어요. 너무 멋져요. 우리 항아에게도 이열 씨처럼 훌륭한 사람이 되라고 했었는데. 그렇지, 항아야?"

"응, 그런데 엄마가, 우리 아빠가 더 잘생겼다고 했잖아."

"항아야, 그건 아빠가 째려보고 있어서 그런 거야."

"그럼 거짓말이야?"

"그건 아니야. 아니, 얘가 오늘따라 이렇게 따지니? 너 집에 가서 보자."

단발머리가 유난히 잘 어울리는 귀여운 얼굴이다.

"몰라, 햄버거. 햄버거 사줘."

"여기 앉아계세요. 항아 아가씨는 뭐를 좋아하나?"

"난 다 좋아해."

"그럼 유러피안 햄버거?"

"응, 좋아."

나는 가까운 곳에서 카운터를 지키는 직원에게 햄버거를 사올 것을 부탁했다.

"우리 항아는 이곳에 웬일이야?"

"엄마가 책 사준다고 했어요."

"아, 책은 좋지."

별 같은 눈을 깜박거리면서 대답하는 아이가 참 귀여웠다.

잠시 후에 햄버거가 나오고 그 작은 손으로 햄버거를 먹었다.

그러고 보니 나는 아이들에게 햄버거 하나 사준 적이 없었구나.

모두 어머니와 현주가 알아서 했으니.

좋은 아빠가 되고 싶은데, 쉽지가 않다.

좋은 사람 되는 것은 어디서든 쉽지 않다.

좋은 선배, 좋은 상사, 좋은 직원, 좋은 애인은 힘에 겹다.

콜라를 한 모금 먹고 다시 햄버거를 한입 먹는 꼬마를 바라보니 문득 인생은 행복하다는 생각이 들었다.

아이의 엄마가 나를 보며 웃으며 말한다.

"저기 우리 항아와 사진 한 장 찍어주세요."

"아, 물론이죠. 귀엽고 아름다운 우리 꼬마 숙녀를 위해서라면 당연히 해야죠."

나는 항아와 사진을 찍고 이야기를 들었다.

항아 친구가 어린이 심장병에 걸렸다는 것이다.

형편이 좋지 않아 어려웠는데 지금 동원&현 재단에 도움을 신청했다는 것이다.

우리 재단이 벌써 사회의 일부에 정착한 것에 기분이 좋았다.

나는 이렇게 사람이 모인 곳이 좋다.

수첩에 글들을 적는다.

작은 종이에 갖가지 상상과 생각이 숫자와 기호로 변해 적힌다.

내 머릿속에 있던 것들이 언어로 변하면 언어가 마치 날개라도 달린 듯 뛰고 걷고 소리를 지른다.

마법은 사실 일상 속에서 이루어진다.

삶이 그 어떤 마법보다 경이롭고 찬란하다.

일상에서 경이를 느끼지 못하면 그 어떤 마법도 사실 놀랍지 않다.

살아 있는 것 자체가 마법이다.

나는 잊고 있었다.

소년처럼 아주 소박한 꿈.

호박이 마차로 변하는 아이디어로 세상을 놀라게 만들겠다고 했던 것을 그동안 잊고 있었다.

내 꿈은 이루어질까?

부자가 아닌, 소설가가 되는 이 작고 무모한 꿈 말이다.

모든 사람은 일상에서 꿈을 꾼다.

그 꿈을 글로 풀어내면 수필이 되고 소설이 된다.

어렵지는 않지만 그렇다고 쉽게 되는 것도 아니다.

독자들의 환상을 작가가 인도하지 못하면 소통은 이루어지지 않으니까.

나는 잘 가고 있는 것일까?

꼬마 아가씨와 헤어지고 짧은 외출은 끝났다.

*   *   *

돌아오는 길에 걸린 CF 사진을 보았다.

효주가 예쁜 모습으로 웃고 있었다.

요즘 효주가 방송에서 뜨고 있다.

전에 출연했던 드라마가 대히트를 치면서 몸값이 많이 상승했다.

또한 미숙이도 작은 비중이지만 드라마 출연이 확정된 상태였다.

연예기획사에는 연습생이 많이 몰려와서 그중 일부는 계약을 앞두고 있었다.

나미와 진미의 사랑에 빠진 딸기는 꾸준하게 인기가 있었고, 경미와 수정이의 샤방이는 요즘 힘든 시기를 보내고 있었다.

특히 잘 풀릴 것 같다가 주저앉아서 많이 풀이 죽은 상태였다.

연예계라는 곳은 실력만 있어서 되는 것이 아니라 끼가 있어야 한다.

딸기의 경우는 나미가 넉살이 좋아 각종 연예 프로그램에 불려 다녀서 음반 활동을 하지 않을 때에도 스케줄이 많았다.

그러나 샤방이의 경우는 그렇지가 않았다. 그리고 더욱이 수정이가 요즘 몸이 좋지 않았다.

아이들을 위로해 준다고 오랜만에 만나 밥을 같이 먹었다.

풀이 죽은 아이들을 보며 나도 뭐라 할 말이 없었다.

다만 같이 있어주고 기다려주는 것이다.

믿는다고 말해주면서.

갈 길이 먼 인생인데 여기서 잠시 쉰다고 인생이 어떻게 되는 것은 아니다.

그 이야기를 해주고 싶은데 이미 아는 것 같아 아무 말도 하지 않고 어깨만 두드려 주고 나왔다.

*   *   *

다음 날 회사에 출근하여 M&A에 대한 보고를 받았다.

남강실업이 인수합병되고 다른 두 개의 기업이 물망에 올랐다고 한다.

그중 하나는 자사주를 매입하기 시작해서 주가를 끌어올리고 있다고 한다.

남양물산이 그중 하나다.

그 조폭 같은 이민성 회장이 있는 회사였다.

'뭐, 나야 좋지. 있는 돈 다 까먹겠다는데 환영이다.'

경영권 방어를 시작하면 끝없는 돈이 들어간다. 빼앗기면 꽝이 되니 말이다.

나야 남아도는 게 돈인데 뭐가 문제인가.

'원한다면 이놈들의 돈을 다 날려 버리도록 하지.'

굽히고 들어오지 않는 곳은 돈과 힘을 모두 소진하게 만들어도 괜찮을 것 같았다.

어차피 제대로 기업을 키운 사람들이 아니다.

그러니 날려버릴 수 있으면 날려도 아쉽지 않다.

빈털터리를 만들면 더 좋다.

"차재혁 팀장, 들어오라고 해요."

"네, 회장님."

똑똑.

문이 열리고 차재혁 팀장이 들어왔다.

"앉으세요."

"네, 회장님."

"요즘 투자 현황이 어떻게 됩니까?"

"아, 네. 선물은 석유와 철강, 아연에 투자하여 수익률이 현재 32% 정도 됩니다. 그리고 주식은 일부 손해도 보고 해서 23% 정도 됩니다."

"주식은 그냥 가지고 있으세요. 어지간한 것은 가지고 있으면 오를 것입니다."

"아, 네."

주식은 올해 등락이 심해 잘못하면 수익이 나쁠 수 있다.

기민하게 움직이면 물론 수익률이 굉장할 수 있지만 잘못하면 그 반대가 된다.

어차피 올해도 주식은 상당히 올라간다.

"주식을 매입한 회사들은 어떻습니까?"

"네, 저희들이 요구한 조건들을 대부분 수용하기로 했습니다. 아마 이윤은 줄어들 것입니다."

"오래 지나지 않아 이윤은 증가할 것입니다. 하청업체가 기술이 좋아지면 그만큼 경쟁력이 좋아질 겁니다. 사업을 하루 이틀 하고 그만둘 것이 아니니 말입니다."

"네, 회장님."

나는 주식을 매입한 회사에 몇 가지 요구를 했다.

그중 하나가 하청업체에 원가절감을 요구하지 않는 것이다.

그리고 부분적인 기술 이전도 해줄 것을 요구했다.

사실 기업이 원가절감에 매달리고 이윤 극대화에 목숨을 거는 것은 주주들의 탓도 있다.

주주들이 더 많은 배당이나 수익률을 요구하면 기업은 이것저것 가리지 않고 이윤만 따지게 된다.

하지만 주주가 가치 경영을 하고 하청업체와 동반자의 길을 걸을 것을 요구하면 선택의 폭이 넓어진다.

중소기업이 잘되어야 우리나라가 잘된다.

일자리 창출은 중소기업이 더 많이 하니까 말이다.

중소기업이 잘되어 중소기업에서 일하는 이들의 임금이 올라가야 내수가 살아난다.

내수가 잘되어야 대기업의 완성품도 더 많이 살 수 있게 된다.

세상은 서로 연관되어 있다.

아주 작은 것이라 무시하면 그것이 발목을 잡아버리게 된다.

그렇게 잘나가던 도요타가 고작 카펫 한 장 싸게 만들어서 추락하지 않았는가.

원가절감은 절대적인 가치가 아니다.

원래 물건은 제값을 주고 사야 제대로 된 것을 얻게 되는 법이다.

그것은 인생도 마찬가지다.

우리의 평범한 일상은 아름답다고 말하기 힘들다.

이 말은 우리 인간은 평범한 일상 속에서는 인생의 가치를 제대로 깨닫지 못한다는 말이다.

반복되는 일상, 자극이 없는 일들에 치여 하루하루를 겨우 살아간다.

그래서 사람들은 인생의 가치를 평가절하한다.

그러나 인생은 위기가 있어야 아름다운 것이 아니다.

우리가 어리석어서 그 가치를 느끼지 못할 뿐이다.

일상 속에서 가치를 발견하지 못하는 우리의 평범한 시야가, 가치관이, 삶의 태도가 문제인 것이지 인생 자체는 결코 지루한 것이 아니다.

힘들어서, 또는 지루함이 권태로워 자살을 꿈꾸는 도시인들의 생명이 죽을병에 걸린 사람에게는 얼마나 간절한 소원이고 열망인지 모른다.

우리는 망각의 동물이라 그 가치를 자꾸 까먹는다.

죄를 짓는 것은 이러한 망각 때문에 가능하다.

자신의 삶도, 타인의 생명도 얼마나 고귀한 것인지 인간은 자꾸만 망각하기 때문이다.

이런 망각은 모든 분야에서 일어난다.

그래서 별것 아닌 부를 얻기 위해 타인의 삶을 짓밟는다.

이제 그 악순환의 고리들을 선순환으로 바꿔야 우리 사회가 밝고 아름다워질 수 있다.

동원&현 재단이 그 역할을 하기를 나는 내심 바란다.

아주 작은 영역이겠지만 소금이 들어가면 음식의 맛은 좋아지게 마련이다.

적절하게, 과도하지 않게 소금과 빛의 역할을 하다가 동료들이 나타나면 같이 웃으며 앞으로 나아가는 것이다.

그것이 가능할까?

언젠가 우리가 만든 아름다운 세상을 돌아보며 추억에 잠기는 날이 있을까?

전설(傳說)바다에 춤추는 밤물결 같은

검은 귀밑머리 날리는 어린 누이와

아무렇지도 않고 예쁠 것도 없는

사철 발 벗은 아내가

따가운 햇살을 등에 지고 이삭 줍던 곳.

그곳이 차마 꿈엔들 잊힐리야.

정지용 〈향수〉

그냥 가슴에 고이는 가난한 날의 추억이 아니라 더불어 행복했었던 세상에 대한 그리움과 추억이 우리에게 가능할까.

비가 내리고 있었다.

여름으로 접어드는 마지막 봄비인지 사람들은 비를 보고

서 반가운 표정을 짓는다

겨우내 가뭄에 시달렸던 농부들에게는 정말 고마운 비
다.

비를 보고 있는데 재킷 안쪽에 넣어둔 핸드폰이 지이잉
하고 운다.

전화기를 보니 모르는 번호였다.

"여보세요?"

—안녕하십니까? 나문대입니다.

"아, 네. 어쩐 일로."

—국정원에서 항명이 벌어졌습니다. 저번에 김 회장님이
언론에 터뜨린 요원들이 법원에 소송을 제기했습니다. 단
체로 움직이는 것이 서로들 사전에 만나 입을 맞춘 것 같습
니다. 회장님에게도 곧 법원에서 연락이 갈 것입니다.

"국정원에서는 어떻게 대처를 하십니까?"

—저희도 별다른 방법은 없습니다. 부당징계에 대한 철
회를 요구하는 것이니까요. 게다가 파면되었으니…… 문
제는 그들이 그 문제에 직접 연관이 없다는 것입니다.

"연관이 없다뇨? 원장님의 생각에 문제가 있군요. 그들
은 사사로이 움직였습니다. 이것을 기업에 대입해 보면 회
사의 지시를 어기고 타 기업에 정보를 유출한 것인데 파면
사유가 안 된다고 말하는 것이 어불성설이죠. 혹시 그쪽에

서 접촉을 해온 것입니까?"

—아, 아닙니다.

느낌이 이상했다.

부인을 하지만 당황하는 어투에 묻어난 낯설고 음습한, 음모의 냄새가 느껴졌다.

한심했다.

국정원장이나 되어가지고 이렇게 쉽게 휘둘리다니.

물론 수없이 많은 시간 동안 그들과 알게 모르게 친분을 유지했었겠지.

"대통령님에게 국정원장이 돈을 먹었다고 말씀을 드려야 겠군요."

—그, 그건 아닙니다. 저희 쪽에도 말 못할 사연이 있습니다. …사실 그들이 빠지면서 업무가 마비되고 있습니다.

"국정원을 해체하고 새로 만드는 것이 빠르겠군요. 그 정도 썩으면 약도 없습니다."

—…….

나는 불쾌하여 전화를 끊었다.

국정원장은 알고 보니 바지저고리였다.

밖에서 보면 국정원장이 대단한 것 같지만 문민정부에 들어서면서부터 정보기관의 운신의 폭이 줄어들었다.

정보기관에 가장 많은 피해를 입은 분이 대통령이 되었

으니 어찌 보면 당연한 처사였다.

또한 낙하산 인사에 해당하는 나문대 원장에게 실무진이 비협조적으로 나오면 어쩔 수가 없을 것이다.

한두 명이라면 몰라도 실무진이 모두 힘을 모으면 원장이 할 수 있는 일은 거의 없다.

이놈들이 신사적으로 나가니 나를 우습게 여기는 것 같았다.

가만히 있으니 가마니로 본다는 말이 맞았다.

5장

천문학적인 소송

다음 날 오전에 검찰에서 참고인으로 출두해 달라는 공문서가 와 있었다.

일정은 여유가 있고 기간 안에 자유롭게 출두하면 되었지만 문구가 사뭇 위압적이었다.

'너무 선한 이미지만 보이니 사람들이 나를 오해하는군.'

나는 피식 웃었다.

인간에 대한 예의를 잃지 않으려고 하다 보니 너무 만만하게 보였나 보다.

나는 이제 더 이상 망설이거나 멈출 필요가 없었다.

이미 적의 앞에 완전히 노출되었는데 뭘 더 망설인단 말인가.

나는 국정원을 상대로 천문학적인 소송을 제기했다.

신문과 방송은 내가 요구하는 금액이 터무니없다고 생각한 모양이다.

하지만 나는 내 목숨을 노린 자들에 대해서 피해 보상금과 정신적 위자료 명목으로 3조를 요구하였다.

나는 한동안 함흥 고씨 일가를 의식하느라 주식 매도와 매수 타이밍을 놓친 액수만큼 청구했다.

물론 이게 받아들여지지 않을 것이라는 것은 잘 알았다.

국가가 배상할 수 있는 능력의 한계라는 것이 있다.

하지만 액수가 크면 클수록 이슈가 된다.

나에게는 나름 근거가 있었다.

작년 재산이 37조였고, 3조를 기부했으니 34조가 되었다.

지금은 선물에서 한 번 터뜨리고 주식도 사고팔고 해서 48조가 되었다.

이제 미국 주식 투자도 애플과 구글에만 할 수 없어 아마존과 STL뿐 아니라 상당한 기업에 하고 있었다.

그러니 3조 이상의 손실이 발생하긴 했다.

매도 타이밍을 놓쳤기 때문이다.

사방에서 인터뷰 요청이 물밀듯 밀려왔고 언론의 취재 열기도 대단했다.

사상 최고의 손해배상 청구 소송이었다.

국민들도 입을 벌린 채 사태의 추이를 지켜봤다.

추가로 국정원에서 사적인 의도로 내 사생활을 조사하고 알려준 사람들에게 개인적으로 손해배상을 청구할 것이라고 알려지자 상대방은 초토화되었다.

법원이 액면 그대로 나의 손을 들어주지는 않겠지만 듣기만 해도 오금 저리는 엄청난 액수에 할 말을 잊은 모양이었다.

국정원도 초토화되기는 마찬가지였다.

하다못해 내통령까지 전화로 만류하였다. 그러나 나는 기자회견을 열었다

국내외의 수백 명의 기자가 모였다. 심지어 TV로 생중계를 해주는 곳도 있었다.

"안녕하십니까? 김이열입니다. 제가 이번에 국가와 개인에게 손해배상을 청구한 것은 그들의 후안무치함 때문입니다. 국가의 권력을 사람을 죽이는 데 사용해 놓고 반성은 고사하고 법원에 소송을 제기했습니다. 제가 너무한 것 아니냐는 분도 계시다는 것을 잘 알고 있습니다. 여러분, 저

는 아무 이유도 없이 두 번이나 죽음의 위협을 당했습니다. 얼마나 대단하고 치밀한지 제 개인 경호 차량 세 대를 순식간에 사라지게 하고 저를 죽이려고 했습니다. 저는 이것이 어떻게 가능했을까 조사하다가 국정원이 움직인 것을 알아냈습니다. 하지만 아무리 생각해도 국정원이 저를 노릴 이유가 없었습니다. 저는 사상도 위험스럽지 않고 세금도 여러분과 마찬가지로 잘 내었습니다. 그렇다면 누굴까 하고 보니 이번에 제가 후원한 시민단체가 입법 청원한 징벌적 보상 제도의 도입에 강하게 반대하는 기업들과 가문이 있다는 것을 알게 되었습니다. 그리고 그들이 국가권력을 이용하여 저를 테러한 것입니다. 지금 소송을 낸 사람들은 저를 죽이려고 하는 사람들에게 사사로이 정보를 제공해 주었던 사람들입니다. 그들 중에는 직접적으로 이 일과 관련이 없는 사람이 있을 수 있습니다. 하지만 그들은 국민의 세금으로 운영되는 정보기관의 기관원이었습니다. 그런 그들이 개인의 이익을 위해 사사로이 이용되고 있었다는 점에서 변명의 여지가 없습니다. 뿐만 아니라 저는 대통령 각하를 만나 이 일을 조용히 덮으려고 했습니다. 그런데 저들이 먼저 저를 공격했습니다. 그리고 검찰의 태도에도 문제를 느껴 이번 소송을 진행하게 되었습니다."

내가 기조발언을 끝내고 나서 바로 질의응답이 이루어

졌다.

"조동아 일보의 김남철 기자입니다. 국가에 대한 손해배상의 금액이 엄청난데요, 현실적으로 가능한 액수인가요?"

"판단은 판사가 하겠지요. 제가 요구한 3조는 그냥 나온 것이 아니라 말 그대로 손해배상 청구입니다. 청구한 금액은 제가 손실한 금액입니다."

"동앙일보의 이창수 기자입니다. 대통령도 만나셨다고 하셨는데 이렇게 일을 제기하신 이유는 무엇입니까?

"살아야 했으니까요. 아니면 이민을 가거나 해야겠죠. 참다가 안 되면 그렇게라도 하겠습니다."

"그 말은 국적을 버릴 수도 있다는 의미입니까?"

"쉬운 말은 아니군요. 저는 우리나라를 사랑합니다. 그래서 국내에서 번 돈에 대해 자진납세를 했고 3조라는 돈도 기부했습니다. 미국에서 번 돈들은 아직 현금화된 것이 아니라서 어떻게 할 것인가에 대해서는 결정하지 않았습니다. 솔직히 저는 독립운동가의 자손도 아니고 그냥저냥 하루하루 살아가는 평범한 시민입니다. 그러다가 주식을 해서 남들보다 큰돈을 벌었지요. 그것뿐입니다. 제가 남들 세 끼를 드시는데 혼자 다섯 끼를 먹는 것도 아니니 제게 평범한 사람 이상의 도덕적 잣대를 요구하지 말아주시기를 바랍니다. 평범한 시민이 세금을 내듯 저도 내고 그들이 국가로부터 보호를 받듯이 저도 받고 싶은 것뿐입니다. 세금을 냈는데 보호를 받지 못한다면, 그것은 국가가 아닙니다. 국가는 당연히 저를 보호해 줄 의무가 있습니다. 세상 어디에도 개인의 의무만 있고 국가가 책임을 지지 않는 나라는 없습니다."

"남해일보의 장성범입니다. 김이열 회장님께서 문제를 키운다고는 생각하지 않으셨습니까?"

"사건을 키운 것은 저쪽입니다. 나는 죽을 뻔했는데 국가권력은 해직자들이 소송을 걸었으니 알아서 하라는 식으로 나오더군요. 아마도 국정원장도 저들에게 뭔가를 받은 모양입니다. 저는 아직까지 권력자들에게 뇌물을 바친 적이 없으니까요. 대통령 각하께서 기업가는 열심히 회사를 키워 고용을 늘리고 세금을 정당하게 내는 것이 애국이라고 말씀하신 대로, 저는 그렇게 해왔습니다. 그런데 국가가 저에게 무엇을 해줬습니까? 국민 여러분, 제가 이러는 것에 대해 돈 있는 놈이 너무한다고 보시면 안 됩니다. 돈 있는 저도 이렇게 두 번이나 테러를 당했는데 돈 없는 분들은 도대체 어떤 일을 당하겠습니까?"

"△△의 박한성 기자입니다. 혹시 또 다른 기부를 생각하고 계십니까?"

"저는 주식투자로 돈을 벌었지만 제가 다 쓸 수는 없습니다. 제 딸들도 다 못 씁니다. 저는 그렇게 생각합니다. 음식은 했을 때 바로 먹어야 제 맛이 나고 영양분도 좋다고, 우리 사회가 받아들일 수 있으면 그 분량만큼 사회에 풀어놓을 것입니다. 제가 그렇게 못하는 것은 도덕적 해이 때문입니다. 남의 돈이니까 그냥 주워 먹자 이러실까 봐 머뭇거리고 있습니다. 그래서 저희 재단은 최소한으로 개인에 대한 지원을 하면서 사회와 기업을 도울 수 있는 방안을 연구하고 있습니다. 올해 중소기업에 대한 조사를 하고 있습니다. 조사가 끝나는 대로 많은 지원을 하게 될 것입니다. 중소기업이 잘되어야 내수도 살고 고용도 늘어나기 때문입니다."

"그 말씀은 필요하다면 기부를 더 하겠다는 말씀이시나요?"

"그렇습니다. 조만간 동원산업의 이름으로 추가 기부 금액을 밝히도록 하겠습니다."

"SBC의 나오미 기자입니다. 이번 소송을 제기한 것은 검찰 때문이라는 말도 있던데 사실입니까?"

"그렇습니다. 저, 분명히 검찰 조사를 받지 않을 것입니다. 강요를 하면 이민을 가겠습니다. 뭐 이런지 모르겠습니다. 저는 참고인일 뿐입니다. 국가가 해고를 했지 제가 그 직원을 해고한 것이 아니지 않습니까? 그런데 이렇게 나온다니 말이 안 됩니다. 이것은 검찰에게도 뭔가 있기 때문입니다. 정상적이면 아무 관계도 없는 제게 시간을 내달라고 정중하게 부탁을 해왔어야 합니다. 저는 직업이 없는 사람도 아니고, 한 회사의 회장입니다. 또한 제가 한국에서 투자한 회사만 45개가 넘습니다. 다 제 직원들이 하는 일이지만 최종적으로 제가 사인해야 하는 일들입니다."

처음으로 동원산업의 투자가 밝혀지자 장내가 술렁거렸다.

동원산업의 엄청난 재력이 드러난 순간이었다.

동원산업은 지금도 많은 위탁금이 몰려들고 있어 총알은 충분했다.

"삼해일보의 남학성 기자입니다. 아까 말씀하신 두 번의 테러라면, 우리가 알지 못했던 또 다른 테러가 있었습니까?"

"그렇습니다. 가까운 곳에 가려고 혼자 나왔더니 순식간에 수십 대의 자동차가 따라왔었습니다. 저는 천행으로 무사할 수 있었습니다. 제가 왜 한국에 살아야 하는지 모르겠습니다. 보호도 못 해주는 나라에 말입니다. 작년에 저는 1천억의 세금을 내었고 올해는 더 많은 세금을 낼 것이 확실한데 말입니다. 차라리 세금을 내지 않고 그 돈으로 사설 경호원을 더 채용하는 것이 낫겠다는 생각이 들 정도입니다. 정부는 제발, 국민들이 힘들게 벌어서 세금을 낸다는 것을 알아주셨으면 합니다. 상대적으로 편하게 버는 주식이라도 그 정도 벌려면 피가 마르는 수많은 시간을 가져야 합니다."

의도적으로 자꾸 세금이라는 말을 계속 언급했다.

나는 의무를 다했다.

그런데 넌 뭐냐는 질문을 던지는 것이다.

기자회견이 끝나고 나는 내 방으로 돌아와 직원들을 불렀다.

그들이 이렇게 치밀하고 끈질기게 나온다면 그들의 머리를 칠 필요가 있다.

문제는 그들을 제거함으로써 흔들릴 기업들에 대한 사전 작업이 필요하다는 것이다.

그러기 위해서는 더 많은 돈이 투입되어야 했다.

나는 미국의 주식 일부를 처분한 자금을 한국으로 가져왔다.

원하지 않지만, 그렇다고 싸움을 피할 수 없다.

그 사실이 못내 마음에 걸린다.

새로 강화된 정보분석팀의 위력은 가공했다.

그만큼 들어가는 금액은 천문학적이었지만 돈이 아깝다고 줄일 수는 없었다.

지금과 같은 지출은 어쩔 수 없이 계속되어야 했다.

인터뷰가 나가자 연일 나는 언론의 중심에 서게 되었다.

언론은 국가에 던지는 거대한 도전이라고 말하기도 했고, 국가의 의무를 촉구하는 목소리라고도 했다.

시간이 흘러갔다.

시간은 나에게 어려움도 주기도 했고 격려를 하기도 했다.

동원산업를 통해 나는 다시 5조에 달하는 금액을 사회에 기부하기로 했다.

미국에서도 2조에 달하는 금액을 빌게이츠 재단에 기부했다.

돈밖에 없는 나는 사람을 설득할 방법을 모른다.

원래 사람이란 자기가 잘하는 것으로 싸움을 해야 한다.

마법을 사람들 앞에 보일 수 없으니, 결국 사람들의 마음을 사는 것은 역시 돈이었다.

어차피 기부를 할 생각이었다.

그러니 필요할 때 해서 효과를 극대화하는 것도 나쁘지 않았다.

그리고 나는 고씨 가문을 상대할 최적의 상대를 찾아냈다.

우리나라 최고의 명문이라고도 할 수 있는 경주 최씨 일가의 사람들과 운이 좋게 연결되었다.

경주 교동 최씨가 12대에 걸쳐 300년 동안 부를 유지할 수 있었던 것은 탐욕을 자제하고 과도한 욕심을 버렸기 때문이다.

경주 최씨의 시조는 물론 최치원이지만 오늘날 우리가 알고 있는 경주 교동 최씨의 시조라 할 수 있는 사람은 최진립이다.

공조참판과 삼도수군통제사를 지냈으며 청백리였다.

임진왜란 때 의병을 일으켰으며 정유재란에 왜적을 막아낸 공이 있었고 그 후 병자호란에는 용인전투에서 적을 맞아 싸우다가 숨진 그의 공신토지를 기반으로 후손들이 만석꾼의 토대를 세웠다.

이후 마지막 최씨 부자라 할 수 있는 최준은 일제시대 때 독립운동 자금을 주다가 걸려서 옥고를 치렀고 1947년에는 전 재산을 지금의 영남대의 전신인 대구대를 설립하는 것에 기부하였다.

남아 있던 고택도 기증을 하고 그 후손들은 그냥 평범한 중산층으로 살고 있었다.

부를 스스로 내려놓는 것은 쉬운 것이 아니다.

인간인 이상 탐욕을 절제하기가 쉽지 않은데 경주 최씨 가문의 행적이나 가훈을 보면 이해가 간다.

최씨 가문에 대대로 내려오는 집안을 다스리는 6훈을 보면 최씨 가문이 어떠한 정신을 가지고 살아왔는지 너무도 분명하게 알 수 있다.

과거를 보되 진사 이상 벼슬을 하지 말라.
만석 이상의 재산은 사회에 환원하라.
흉년기에는 땅을 늘리지 말라.
과객을 후하게 대접하라.
주변 백 리 안에 굶어 죽는 사람이 없게 하라.
시집온 며느리들은 삼 년간 무명옷을 입게 하라.

시중에 유통되는 경주 교동법주는 예전에 경주 교동 최부잣집 마당의 우물물로 만든 것이기도 하였다.

나는 왜 경주 최씨 부자가 만석 이상의 재산은 사회에 환원하라는 말을 했을까 생각했다.

한참을 생각해 보니 알 것 같았다.

컨트롤할 수 없는 부는 축복이 아니라 재앙이다.

이제는 나도 그것을 확실히 알고 있다.

주식투자도 혼자 힘으로 하기 힘들 정도로 커져 버렸다.

그동안 번 돈을 애플과 구글에 투자하면 금방 대주주가 되어버린다.

그렇게 되면 주식을 거래할 때마다 세금을 지금보다 더

많이 내야 하고, 기업의 경영에도 참여를 해야 한다.

물론 애플이나 구글과 같은 기업의 대주주가 되는 것은 매력적인 일이지만 애초에 나는 기업 경영에는 별로 관심이 없었다.

최자연 씨는 최씨 부자의 후손 가운데 하나다.

5급 공무원 생활을 막 시작하려는 그녀를 만나 이곳으로 낚아챈 것이다.

사실 그녀보다 좀 더 나이가 많은 사람을 모시고 싶었지만 거절당했다.

지금의 생활에 만족하고 있으니 새롭게 일을 하고 싶지는 않다고 하면서 이제 막 사회생활을 시작하는 그녀를 추천해 주었다.

그녀는 행정고시를 막 통과해 발령을 받기 전이었다.

아마 근무지를 배정받았다면 그녀도 오지 않았을 것이라는 느낌을 받았었다.

평범하게 살아도 가문에 대한 자부심이 굉장한 사람들이었다.

특히 부를 모두 사회에 환원한 최준에 대한 존경심은 거의 절대적이었다.

나는 최자연 씨를 동원&현 재단의 대외 홍보 이사로 임명했다.

미인이라고 하기에는 조금 부족하지만, 깔끔한 인상과 차분한 이미지의 그녀라면 회사를 대변할 수 있을 것이라고 여겼다.

대외 홍보 일을 맡게 된 그녀는 단번에 언론을 사로잡아 버렸다.

그녀는 가문의 힘이 아니라 그녀 자신이 가진 매력으로 언론을 녹여 버렸다.

카메라가 돌아가면 평소의 그녀와 다른 지적인 카리스마와 선한 미소가 눈부시게 드러났다.

그녀는 대외 홍보 이사에 취임한 후 불과 한 달도 안 되어 연예인을 제치고 검색어 1위를 차지하기도 했다.

게다가 그녀가 경주 최씨 가문의 종손이라는 것이 알려지자 폭발적인 인기를 누렸다.

한국에서 최초의 노블레스 오블리주를 실천한 가문에 가장 알맞은 일을 한다고 찬사일색이었다.

바로 인터넷 탐정들의 능력이었다.

언제 그녀의 집안 내력을 언론에 알릴까, 하고 타이밍을 재고 있던 나로서는 부질없는 짓이 되고 말았다.

대한민국의 대표적인 명문가를 끌어들이자 동원&현 재단의 이미지는 한 단계 업그레이드되었다.

도덕적 우월성을 획득한 것이다.

처음에는 그녀가 어려서 걱정을 했는데 그것은 기우에 지나지 않았다.

그녀는 기업과 지도층의 도덕적 의무를 강조했다.

그녀는 정말 영리했다.

그녀의 말은 단순한 물건을 놀랍게 포장하는 기술을 가지고 있었다.

그녀는 시장의 제품이라도 명품처럼 보이게 만드는 언어의 마술을 가지고 있었다.

나는 어릴 때 교회에 간 적이 있었다.

그곳에서 평범한 이야기를 해도 모든 아이가 집중하게 만드는 사람을 본 적이 있다.

별로 훌륭한 말이 아니었음에도 아이들은 집중했다.

신기한 일이었다.

다른 사람이 더 좋은 내용으로 이야기해도 아이들은 무척이나 심하게 떠들었다.

그때는 이해할 수 없었지만 나는 시간이 지나면서 알게 되었다.

아이들을 집중하게 만드는 사람의 말에는 미묘한 힘이 있었고, 어조와 말을 멈추는 타이밍도 아이들을 파악하고 나서 한 것이었다.

그녀도 그런 재능을 가지고 있었다. 사람이 그녀의 말을 듣게 하는 힘을 말이다.

도덕적 우위를 점하는 것, 그리고 명분을 먼저 얻는 것이나 이슈를 선점하는 것은 모든 싸움에서 가장 먼저 해야 할 일이다.

그것을 얻으면 일단 상대방에게 한 방 먹이고 싸움을 시작하는 것이니 말이다.

또한 언론의 호의를 이끌어내는 것도 중요했으나 나는 이것에 대해서는 걱정이 없었다.

나는 수많은 기업에 투자했기에 방송에서 나를 함부로 할 수 없는 상태였다.

일단 「다음」에 딸기와 샤방이가 출연하면서 영대자동차 광고를 1년 동안 깔아준 것은 이미 업계에 소문이 파다하게 났었다.

공중파의 3사 중에서 하나는 민영방송이고 나머지 둘은 뚜렷한 주인이 없는 공영방송이라 직접 주식을 매입해서 압력을 행사할 수는 없었다.

사실 방송사에는 투자하고 싶은 마음도 없었다. 일단 투자자의 입장에서는 너무 매력이 없었다.

국내에서는 어떤 기업도 나를 무시하지 않았다.

삼영전자나 영대자동차의 이익은 엄청나지만, 그 외의 대기업의 1년 순이익은 내가 작년에 낸 세금보다 적은 경우가 허다했기 때문이다.

게다가 적대적 M&A가 시작되면 시가 총액의 의미는 무의미했다.

우호지분을 누가 더 많이 확보하느냐에 따라 달라지기 때문이다.

그래서 영대자동차의 정망성 회장이 백기를 든 것이다.

대기업의 오너는 실제 지분율이 그다지 높지 않다.

우호지분을 가지는 것도 어렵지 않다.

인수합병하려는 회사의 지분을 매입하지 못하게 되면 그 회사의 주식을 가장 많이 가진 회사의 주식을 매입하면 끝이다.

자기 목에 칼이 들어왔는데 친구의 사정을 돌보아준다는 것은 현대 기업의 특성상 있을 수 없다.

함흥 고씨의 전략은 우리나라에서 번 돈을 대만으로 빼돌려 중국 본토에 투자하는 것이었다.

그러다 보니 그들은 자신들의 영향력을 지키기 위해 무력이나 로비를 해왔다.

그러기에 한국에서 자본을 한꺼번에 동원할 여유는 없는 편이었다.

오늘날의 뉴욕 양키스 팀을 만든 것은 조지 스타인브레

너다.

그는 정말로 지는 것을 싫어했는데 심지어 승리가 숨 쉬는 것 다음으로 중요하다는 말까지 했었다.

그는 승리를 위해서는 어떠한 투자도 아끼지 않았다.

필요한 선수의 몸값이 아무리 비싸도 데리고 왔다.

그는 양키스를 880만 달러에 인수를 하였지만 지금은 16억 달러에 이른다.

싸우지 않을 것이면 몰라도 일단 붙으면 조지 스타인브레너처럼 미쳐야 한다.

지면 다음이 없기 때문이다.

나도 지는 것은 질색이다.

단순한 기업 간의 경쟁이면 몰라도 내 목숨을 노린 놈들과의 싸움이라 나 역시 인정사정 봐줄 생각이 없었다.

숨통을 조여서 다시는 일어나지 못하게 해줄 생각이다.

마음에 걸리는 것은 그들이 가진 기업들이 잘못되면 노동자들이 실직하지 않을까 하는 것 외에는 없다.

언론을 내 편으로 만들고 무엇보다 국가권력에 밉보이지 않는 것이 중요했다.

그래서 나는 청와대에 은밀히 메시지를 따로 보냈다.

소송을 끝까지 끌고 가지 않을 것이라는 암시를 말이다.

사실 특수한 상황이 아니면 권력은 기업에 매몰차게 하기가 쉽지 않다.

국제상사나 대우의 몰락은 시대적인 특수성이 있어서 가능했지 지금은 어지간한 기업이 부도가 나려고 하면 오히려 기겁을 한다.

수없이 많은 실직자가 생겨나 정부의 인기가 급락하기 때문이다.

지금의 대통령은 특히나 일자리에 민감한 편이라 내게 굉장히 호의적이었다.

"짠!"

"헉!"

최자연 씨가 깜짝하고 나타났다.

고급스러운 검은 정장을 입고는 어이없게도 어린아이나 하는 이런 장난을 친다.

그녀는 나뿐만 아니라 어지간한 사람에게 격이 없다.

자기 딴에는 친근하다는 표현이다.

이런 모습을 언론이 알아야 할 텐데.

이 대책 없는 아가씨를 어떻게 해야 할지 잘 모르겠다.

워낙 집안의 사랑을 받고 자란 귀한 아가씨다.

그녀가 우리 재단에 오게 된 후 최씨 문중의 전폭적인 지지를 받게 되었다.

평범한 중산층으로 변했지만 우리 사회에서 그들에 대한 이미지가 워낙 좋았고, 최씨 가문에 은혜를 입은 사람들도 적지 않았다.

"안녕하세요."

"네, 최 이사님."

"으흐흐흐, 회장님이 그렇게 부르시니 너무 이상하네요."

"……?"

누가 이 이상한 아가씨의 모습을 보고 지적인 카리스마가 넘친다고 했는지 모르겠다.

"이사장님은 요즘 안 나오시네요?"

"아, 그 사람은 원래 이름만 빌려준 거나 마찬가지예요. 신경 쓰지 마세요."

"아니, 그게 아니고요. 사인 좀 받으려고요."

"험……."

"커피 드실래요?"

"아, 네. 주시면 잘 마시겠습니다."

"네에? 당연히 커피는 부자이신 회장님이 사셔야죠."

"네……?"

"호호, 농담이에요."

"아, 네."

최자연 씨가 웃으며 커피를 준다.

스물다섯 살에 행정고시 차석으로 합격한 그녀에게 동원&현 재단은 많이 기대를 가지고 있다.

그녀의 성격은 명랑, 유쾌, 앙큼하다.

업무 처리 능력은 대단히 탁월하지만 장난이 너무 심했다.

그녀의 비서도 처음에는 그녀의 장난에 너무 놀라 혼비백산을 했는데 이제는 적응한 듯했다.

이런 성격으로 어떻게 국가 공무원을 하려고 했는지 이해가 안 되었다.

그녀는 동원&현 재단이 하는 일에 대단히 만족하는 듯했다.

"일은 재미있어요?"

"아, 네. 재미있어요. 아버지께서 너무 좋아하세요. 아버지가 평소 하고 싶은 일을 딸이 하게 되었다고 너무 자랑스러워해요."

나는 최자연 이사의 말을 듣고서야 왜 최씨 일가가 그렇게 적극적으로 딸을 지지하였는지 이해했다.

그녀는 어리지만 노련하게 언론을 다루었으며 직원들과 사람들에게 대단히 친절했다.

장난이 심하다는 것 외에는 흠을 찾아볼 수 없었다.

또한 그녀의 부하 직원들은 매우 명랑하며 일을 잘했다.

부하들은 상급자의 성격을 닮아간다고 하더니 그 말이 맞는 모양이었다.

"회장님, 안녕하세요."

"아, 네."

나희정 비서의 방실거리며 웃는 얼굴이 최자연 씨를 닮았다.

멀쩡했던 비서도 이제는 최자연 씨를 닮아간다.

"장학생이나 어린이 병자들에 대한 지원은 잘되고 있나요?"

"네, 지원하는 사람이 많아 엄밀한 조건을 가지고 고르고 있습니다. 지원자들이 갈수록 많아지면서 내년부터 예산 증액이 필요합니다."

"흠, 적절하게 해요. 국가가 대신 해줄 수 있는 일은 건드리지 마시고요. 어쩔 수 없는 사람들만 도와주도록 합시다. 돈이 아까워서가 아니라 그렇게 하는 것이 올바르지 않아서입니다."

"네."

나는 그동안 그녀가 나를 위해 얼마나 열심히 변호했는지 잘 알고 있었다.

그녀의 말이 얼마나 날카롭고 무거웠는지 결국 검찰과 국정원은 대국민 사과를 해야 했다.

도덕성을 갖춘 자의 말이 얼마나 무서운지 결과로 금방 나타난 것이다.

그녀는 말을 한마디 할 때마다 여론의 강한 지지를 받았고 그때마다 엄청난 압박을 받게 된 검찰과 국정원은 더 이상 버티지 못하고 굴복한 것이다.

부당해고에 대해 소송을 내었던 전직 국정원 직원들은 모두 소송을 취하하였다.

그들은 여론의 압박도 심하게 받았을 뿐만 아니라 앞으로 내가 하게 될 손해배상 소송에 겁을 집어먹었던 것이다.

그렇게 일들이 유야무야되는 것 같았다.

나는 그때부터 본격적으로 반격을 시작하였다.

밤에 어둠을 틈타 담을 넘었고 불가피한 사람에 한해서 이 세상에서 살았던 모든 흔적을 모두 지웠다.

그리고 나는 그들이 탈세를 하였다는 자료를 은밀하게 국세청에 투서하였다.

대만 기업과의 거래가 실제로는 없었으며, 자금을 빼가기 위해 페이퍼컴퍼니를 사용했다는 구체적인 증거를 함께 보냈다.

함흥 고씨 일가는 가문의 결정권자가 사라진 상태에서 세무조사까지 받아야 하는 사면초가에 빠지게 되었다.

그들에게 영향을 받았던 기업들도 시간이 점점 지나면서 떨어져 나가기 시작했다.

이익을 위해 모였던 사람들이 이익이 없어졌으니 흩어지는 것은 너무나 당연한 일이었다.

9장

악의적인 가치

나는 함흥 고씨 일가만 처리하면 될 줄 알았다.

그러나 우리 사회에 침투한 것은 그들뿐만이 아니었다.

수십 년간을 우리 경제에 은밀하게 침투해 있어 나도 사람들도 몰랐던 것이다.

그러나 거대한 하나가 사라지자 그 뒤에 숨어 있던 세력들이 새롭게 나타나게 되었다.

순간적으로 내가 잘하고 있는 것일까 하는 회의가 들었다.

하지만 다른 방법은 없었다.

이렇게 노력을 해서 조금이라도 우리 사회가 변하고 따뜻해졌다면 그것으로 족한 것이다.

"여보, 오늘 신문 보셨어요?"

"응?"

"우리 동원&현 재단을 비판하는 기사가 있었어요."

"우리 재단을? 비판할 것이 있었어?"

현주는 아침에 본 신문을 내게 보여주었다.

조동아 신문의 사회면에 내가 만든 재단에 대해 조금은 악의적인 기사가 실렸다.

인간의 말은 내용보다 뉘앙스가 중요하다.

별로 중요한 것을 건들지 않고 주변을 건드려도 의혹들을 터뜨리면 신뢰성에 금이 가게 마련이다.

악의적이라는 것은 그 신문기사가 정직하게 이의를 제기하는 것이 아니라 그렇지 않을까, 하며 의심을 하도록 유도하는 글이었기 때문이다.

"왜 이런 일이 일어났을까요?"

"그러게."

단순히 지나가는 비일까? 아니면 우박이 되고 천둥이 되는 전조일까?

우리 사회에 건강한 비판은 필요하고 나도 환영하지만 이 기사의 어조는 심히 불량하다.

사기업이 운영하는 비영리 재단의 투명성에 대한 문제 제기는 무엇이며 직원들의 연봉이 많다고 비판하는 것은 무엇인가?

게다가 더 심각한 것은 어떻게 직원들의 연봉을 알게 되었을까 하는 점이다.

동원&현 재단은 동원산업이 운영하는 재단이니 당연히 동원산업의 급여 책정 기준에 따라 연봉이 정해지고 있었다.

비영리단체의 직원이라 해서 연봉이 적어야 한다는 것은 사람들의 편견이다.

다른 사람을 행복하게 하는 일을 하는 사람들은 오히려 연봉이 만족스러워야 한다.

그래야 그들이 하는 봉사가 마음에서부터 우러나오는 진실한 것일 확률이 높고, 또 유능한 인재를 채용할 수도 있다.

유능한 인재를 채용하여 높은 연봉을 제공하는 것은 무능한 직원을 고용하여 일을 대충하는 것과는 효율성이 비교할 수 없을 정도로 높다.

그리고 그들이 적극적으로 일을 해야 그만큼 더 사회에 공헌을 할 수도 있게 되는 것이다.

이런 일은 담당자가 제대로 일을 하지 않으면 결국 도움을 받아야 할 사람이 받지 못하고 엉뚱한 곳에 돈을 낭비하게 될 확률이 높게 된다.

동원산업은 회사의 규모와 수익에 비해 회사원이 굉장히 적은 구조이다.

그러므로 직원들의 연봉이 상당히 높은 편이다.

내가 가장 강조하는 근로자의 생산성이 높다고 봐야 한다.

일도 잘 안 하고 독과점의 구조 속에서 연봉이 많은 일부 회사와는 전혀 다른 구조이다.

"그나저나 문제군. 연봉이 알려졌다는 것은 내부 직원이 제보했다는 것인데. 뒤통수를 한 대 맞은 느낌이야."

"맞아요, 당신이 얼마나 직원들을 배려했는데. 회사의 정보가 새어 나갔다는 것은 너무해요."

나도 그렇고 현주도 조금은 배신감을 느꼈다.

연봉은 같은 직원들 사이에서도 비밀 엄수가 기본이다.

그런 내용이 새어 나갔다는 것은 다른 정보도 유출될 수 있다는 이야기다.

내부 정보를 단속할 필요를 느꼈다.

앞으로도 이런 공격을 계속 받을 수 있는데 시작부터 이러면 곤란했다.

"직원들 교육 강도를 높이고 좀 겁을 줄 필요가 있어."

"네?"

"저번에 내가 소송을 걸자 모두 손을 든 것처럼, 내부 정보 유출자에 대한 피해 보상 소송을 걸겠다고 해야겠어."

"정말요?"

현주가 놀라며 의외라는 표정으로 나를 바라보았다.

"꼭 그렇게 하겠다는 것은 아니고 단순히 직원교육과 양심에만 맡겨놓으면 잘 지켜지지 않을 것 같아서 겁을 좀 주겠다는 거지."

"여보……?"

"응?"

"요즘 당신 많이 사악해지고 있어요."

"아, 그렇군. 뭐 어쩔 수 없잖아. 그렇다고 진짜 소송을 걸거나 피해 보상을 받겠다는 것은 아니지만 그래도 너무 사람들에게 선하게 보이니까 만만하게 보는 경향이 있는 것 같더라고."

"하긴 그래요."

현주는 주먹을 꽉 쥐고는 분한 표정을 지었다.

그녀는 동원&현 재단에 출근은 자주 하지는 않아도 관심은 무척이나 많았다.

그런데 이런 일이 생겼으니 그녀가 흥분하는 것도 그다지 이상한 일은 아니었다.

"이제 어떻게 할 거예요?"

"지켜봐야지. 이번이 단발성이면 그냥 넘어가고 아니면 응분의 조치를 취해 줘야지."

나는 현주의 손을 잡고 살짝 어깨를 잡아당겨 그녀를 껴안았다.

부부란 이렇게 의논할 대상이 되어서 좋다.

그러니 가치관이 비슷하든지 아니면 서로 많은 말을 해서 서로의 마음을 잘 알고 있어야 평생의 동지가 될 수 있다.

나는 나의 동지를 바라보며 미소를 지었다.

회사가 직원들에게 선한 의도를 가지고 대하면 대부분은 만족하지만 그렇지 못한 직원도 반드시 생기게 마련이다.

사람이 모두 같을 수는 없고 한결같은 마음을 가질 수도 없다.

그러나 회사의 정보를 밖으로 유출하는 것은 다른 문제다.

역시나 염려한 대로 다음 날부터 의혹을 제기하는 기사들이 하나둘씩 늘어나기 시작하더니, 세금을 내지 않고 부를 세습하기 위한 편법이라는 주장까지 나왔다.

그것은 현주가 이사장으로 있어 더욱 그러한 듯했다.

의도적인 공격인가?

아니면 단순한 질시나 질투인가.

이것부터 파악하는 것이 시급했다.

의도적으로 공격한 것이라면 또다시 싸워야 한다.

나는 정보분석팀에게 맨 처음 기사를 쓴 기자와 유독 강하게 우리 재단을 비난하는 기자에 대한 자료 조사를 하라고 지시를 내렸다.

비판은 아프지만 오히려 자신을 돌아보게 하여 더 건강해질 수 있다.

그러나 비난에는 오직 파괴적인 의도밖에 담겨 있지 않아서 좋은 결과가 나오지 않는다.

최자연 이사가 급히 찾아와 의논하고 돌아갔다.

그녀도 부쩍 잦아든 재단에 대한 비난이 도를 넘었다고 보았던 것이다.

그리고 그녀는 저녁에 기자회견을 하였다.

화장을 어떻게 했는지 TV화면에 비친 그녀는 청순하고 순수의 꽃처럼 비쳐져 기자회견을 지켜보던 남자들의 가슴을 설레게 하였다.

그리고 얼마나 매력적으로 말하는지, 입으로는 무시무시한 말을 하면서도 표정은 마치 부끄러운 소녀가 얼굴을 붉히는 것 같았다.

"일부 저희 재단에 대해 악의적인 기사들이 계획적으로

언론에 보도되고 있습니다. 그 이후 우리 동원&현 재단에 대한 사람들의 의혹 어린 시선들이 있었습니다. 이에 우리는 그 기사를 쓴 해당 기자에게 손해배상을 청구할 것입니다. 우리가 이렇게 하는 이유는 배후가 있다고 생각하기 때문입니다. 국민 여러분, 저희 회사는 깨끗한 회사가 아닙니다. 그리고 우리들 역시 천사가 아닙니다. 다만 우리 사회가 지금보다는 더 아름다워졌으면 하고 바라는 마음으로 일을 하고 있으며, 이런 이유 때문에 저희 재단이 생겨났습니다. 그분들이 지적을 하지 않으셨어도 우리는 재단에 문제가 많다는 것을 알고 있습니다. 그리고 적지 않은 실수도 합니다. 왜냐하면 우리는 아무 일도 안 하고 가만히 있는 것이 아니라 끊임없이 새로운 일을 시도하기 때문입니다. 더 적합한 분에게 도움을 드리기 위해 우리는 시스템을 개발하며 심층적인 조사까지 합니다. 저희 동원&현 재단은 비영리단체이나 개인 사기업이 운영하는 재단입니다. 저희 직원들의 연봉은 동원산업의 기준에 따라 책정되며 운영됩니다. 그리고 일부의 보도에 의하면 김이열 회장님이 재산을 자녀들에게 편법으로 승계해 주기 위한 방안으로 이루어졌다는 주장까지 있었습니다. 하지만 정말 의문입니다. 은행 이자만 해도 연간 4천억가량 되는데 고작 몇 억의 연봉을 받아가기 위해 이런 재단을 만들었다고 하니 이해할 수가 없군요. 그분들은 초등학생이 하는 산수도 배우지 못하신 분들 같은데 그런 머리로 어떻게 기사를 쓰시는지 모르겠습니다."

이런 말을 하며 최자연 이사는 고개를 오연하게 들어 카메라를 노려보았다.

순간 카리스마가 그녀의 몸 전체에서 뿜어져 나온다는 착각이 들었다.

그녀는 지금까지 기사에서 언급된 것들을 아주 작은 부분까지 세밀하게 찾아내어 그 내용에 반박을 했다.

워낙 사회적인 주목을 많이 받는 동원&현 재단이고 또 이번에 이슈가 된 관심사였기에 방송사는 그대로 TV에 내보냈다.

신문사를 대상으로 손해배상을 청구하지 않고 개인에게 한 이유는 그렇게 해야 효과가 크기 때문이다.

회사가 나서서 그런 기사를 쓰라고 기자에게 강요했을 수도 있다.

그러나 배후가 있다면 거대 자본을 가진 신문사 오너를 설득하는 것보다 기자 한 사람 매수하는 것이 쉽다.

사회 상층부를 이루고 있는 사람들이 모든 악의 근원이라고 말할 수는 있을지 몰라도, 그들은 사실 세세한 일은 거의 모르는 경우가 많다.

독재자보다는 그에 빌붙어 사는 자들이 더욱 냉혹한 법이다.

만약 어떤 외압이 있었다면 그것은 신문사의 중요한 간부일 확률이 높지, 오너는 아닐 것이다.

자신의 신문사를 나에게 빼앗길 것을 감수하면서까지 그런 모험을 할 이유가 없기 때문이다.

단순한 직원은 문제가 생기면 사표를 쓰면 되지, 하고 쉽게 생각하고 일을 벌이는 것이다. 하지만 그렇게 쉬운 문제가 아니다.

신문사의 신문 지면을 통해 나간 것은 맞다. 그러니 신문사는 도의적인 책임을 져야 한다.

그러나 글을 쓴 사람은 해당 기자다.

그리고 이런 일을 다음에도 겪지 않으려면 개인을 상대해야 옳다.

이렇게 사례를 만들어 놓으면 다음에 혹시라도 부당한 글을 쓰라는 압력이 위에서 들어왔다고 해도 쓸 사람이 없을 것이기 때문이다.

돈 몇 푼 벌려고 펜대를 움직였다가 평생 벌어놓은 돈과 집을 홀라당 날릴 수 있다는 것을 안다면 누가 감히 의혹으로 가득한 음해성 기사를 쓰려고 하겠는가?

내가 이렇게 하는 이유는 한국의 기자들은 발로 뛰지 않고 책상에서 글을 쓴다고 보기 때문이다.

그런데 연봉은 또 얼마나 많은가.

모니터 앞에서 게임이나 처하다가 마감 시간이 임박해서 인터넷을 한다.

그러다 자극적인 내용을 접하면 내용 확인도 하지 않고 카더라 보도를 한다.

적어도 당사자에게는 사실을 확인하는 전화라도 한 번 했어야 했다.

그런데 수십 개의 기사가 나갔음에도 불구하고 회사나 재단으로 확인 전화를 한 기자는 단 한 사람도 없었다.

회사도 아니고 비영리단체를 공격하는 정신 나간 사람이 누군지 궁금해졌다.

도대체 무슨 생각으로 이런 것을 사주했을까?

음해성 기사를 쓴 기자들 개인에게 손해배상 청구 소송이 들어갔다.

회사의 브랜드 가치를 공신력 있는 기관인 앤드류소사이어티에 의뢰하여 동원&현의 가치는 2,322억이라는 답을 받았다.

그리고 해당 기사로 인해 얼마나 이미지 실추가 되었는지를 산출하고 정신적 피해 보상까지 덧붙여 청구했다.

한국 사회는 법 무서운 줄 모른다.

그러니 기자라는 직업을 가진 사람들도 법이 무서운 줄 모르고 아무렇게나 펜대를 휘두르는 것이다.

여기자가 검사들과 술자리를 같이 하다가 성희롱을 당했다는 기사를 접하는 것이 한두 번이 아니다.

물론 그런 일을 당해서는 절대 안 되지만, 그녀들이 왜 검사들과 같이 술자리를 했는지 알 수 없다.

취재를 해야 할 기자가 그 대상과 술판이라?

쉽게 쓰는 글에는 힘이 없다.

왜냐하면 정보 자체가 확실하지 않기에 확신을 가지고 쓸 수 없기 때문이다. 그런 글은 지면을 낭비하는 쓰레기 글이다.

나는 동원산업과 동원&현 재단의 보안을 강화했다.

그리고 사원 교육을 강화하여 정보 유출에 대한 교육을 실시하였다.

내용은 별것 아니었다.

정보를 유출할 시에는 그에 따르는 손해배상을 회사로부터 청구 받을 수 있으니 조심하라는 내용이 다였다.

나는 STL에서 배운 것들을 기업 경영에 적용한 것이다. 무엇을 해도 좋으나 책임은 질 것!

보안 등급이 올라가면서 모든 메일은 회사의 계정으로 통합되었다.

직원들은 자유롭게 메일을 주고받을 수 있으나 기록은 남게 되는 것이다.

문제가 생겼을 시에는 백업한 내용을 확인 가능하다.

게다가 회사 내에서 사적인 메신저의 사용이 금지되었다.

소셜 네트워크도 마찬가지이며 직원들은 자유롭게 통화를 해도 되지만 휴게실을 이용하도록 했다.

어차피 회사는 근무 시간에 임하는 직원들의 근무 태도를 평가하는 시스템이 아니라 말 그대로 업무 실적으로 근무 성과를 평가하는 것이니 문제될 것은 없었다.

그런데 놀라운 일이 일어났다.

근무 시간에 사적인 일을 못하도록 한 것뿐이었는데 생산성이 몰라보게 높아졌다는 것이다.

근무 시간에 딴생각이나 딴짓을 원천적으로 하지 않게 되자 창의적인 내용들이 쏟아지기 시작한 것이다.

우리나라 회사의 생산성이 좋지 않은 것은 오래 일을 해도 집중하지 않아서라는 것이 증명된 순간이었다.

동원산업은 업계에서 제법 생산성이 높은 회사였는데 다른 회사는 말을 안 해도 뻔했다.

선진국 기업의 생산성이 우리나라보다 높은 것은 그들 개인이 유능한 것이 아니라 그들이 더 일에 집중해서라는 것이 밝혀진 순간이었다.

불과 2개월이 안 된 시간이었음에도 불구하고 결과는 놀라웠다.

일을 즐기지 않으면 생산성이 올라가지 않는다.

몸은 책상 앞에서 일을 하지만 머릿속으로는 딴생각을 하니 결과가 좋게 나올 리가 없었던 것이다.

7장

우진무죄 무진우죄

도대체 누굴까?

왜 자꾸 가만히 있는 나를 건드리는 것일까?

나는 동원산업의 정보분석팀이 만들어놓은 거대한 보고서를 읽고 깜짝 놀란 적이 있었다.

사회는 지연, 학연, 혈연으로 견고하게 얽혀 있었다.

기업들은 서로 혼인을 통해 협력을 했고 군부도, 사법부도 예외가 없었다.

군부는 이제 시대가 변해 위험한 일을 벌일 위험이 상대적으로 가장 낮았다.

문제는 사법부였다.

연구회라고 모였는데 표면적으로는 아무 이상이 없었다.

하지만 그들이 모여서 개성이 강화되고 힘이 모이다 보니 사법부 자체에 대한 존경심도 사라졌고, 자기의 판단이 제일이라는 아집도 생겼다.

이제는 시대가 바뀌었다는 이유로 판례도 등한시하는 판사가 많아졌다.

가장 문제가 되는 것은 자기의 입맛에 따라 판결을 하니 같은 사안이라도 어떤 것은 무죄가 되고 어떤 것은 유죄가 되는 어처구니없는 사태가 발생하는 것이다.

이는 판사가 판례를 보지 않았다는 증거였다.

또한 폭력, 강간, 사기에 대한 판사들의 판결이 너무 약했다.

사회의 근간이 되는 법이 이렇게 물러서야 무슨 일이 되겠는가.

아동 성추행범인 리처드 칼 히링거(57)에게 미국의 콜로라도 덴버 법원은 형량 576년을 선고했다.

친딸을 포함하여 아동을 성추행한 혐의로 기소된 그는 법원에서 판사를 향해 비웃음을 날렸고, 판사는 열일곱 개의 범죄에 대해 모두 법정 최고형을 선고했다.

개심의 여지가 없는 인간에게 확실한 철퇴를 가한 것이다.

게다가 우리나라는 청소년 범죄에 대해 너무 관대하고 범법자들의 인권을 너무 존중해 준다.

심지어 가해자가 피해자보다 더 대우받는 일이 곧잘 벌어지곤 한다.

한국 사회의 많은 부분은 공평한 저울을 적용하지 못한 사법부의 책임이다.

유전무죄 무전유죄가 상식인 사회가 되어버렸다.

*　　*　　*

선연한 노을이 하늘을 점령한다.

꼬리에 꼬리를 잇는 기러기 떼처럼 온 천지에 가득한 붉은색의 하늘이 너무나 아름답고 황홀하다.

인생의 끝을 상징하는 것이라 그런지 그 화려한 색상 가운데서도 슬픔이나 서글픔이 배어나는 것은 어쩔 수 없다.

왜냐하면 그 붉은색 뒤에는 짙고 검은 밤이 도사리고 있기 때문이다.

겉으로 드러나는 것은 진실이 아닐 때가 많으며 삶은 생각보다 행복하지도 않다.

피터 드러커는 뛰어난 사람일수록 잘못을 많이 행하는데, 이는 그만큼 새로운 시도를 하기 때문이라고 했다.

사람은 겉으로 보이는 것에 연연해서는 안 된다.

나 역시 동원&현 재단을 공격하는 사람들이 정말 순수한 의도였다면 굳이 각을 세울 필요조차 없었다.

인간은 누구나 잘못을 하니까.

잘못을 해보지 않은 사람이 리더가 되면 문제가 발생했을 때 제대로 해결하지 못하는 경향이 있다.

위기는 사람을 강하게 만드니까.

나는 도대체 무엇을 해야 하며, 또 무엇을 배워야 할까?

단지 그냥 평범하게 살고 싶을 뿐이다.

나는 요즘 들어 끊임없이 문제가 생기는 것에 짜증이 많이 난 상태였다.

바람이 나무 위에 걸리는 부드러운 소리가 난다.

나뭇잎이 파라라 움직이며 내는 소리는 마치 피리 소리 같았다.

문득 내 마음의 소리는 어떤 것일까, 하고 생각했다.

엘리스도 나무 아래서 조는데 나만 망연하게 서서 하늘을 보고는 알 수 없는 슬픔을 느꼈다.

그러나 나는 방관자가 되어서는 안 되는 상황에 처했다.

최초의 흑인 메이저리거로 활동한 재키 로빈슨은 흑인은 인간도 아니었던 시대에 야구라는 종목으로 세상에 도전했다.

'인생은 구경만 하는 스포츠가 아니다' 라고 말하며 편견과 차별에 싸웠던 그는 흑인 최초로 명예의 전당 헌액자(獻額者)가 되었다.

그래서 현재(Present)는 선물(Present)이다.

그러므로 인간은 과거를 잊고 현실을 즐기고 현재에 행복해야 한다.

"나는 행복한가?"

내 중얼거림을 들었는지 나무 아래에서 졸고 있던 엘리스가 귀를 쫑긋하며 바라본다.

그래, 네가 상팔자다.

상념을 털고 집 안으로 들어가자 현진이는 소파에서 자고 있고 유진이는 뭔가를 만들고 있었다.

"뭐해?"

"앙? 아빠!"

하던 일을 내버려두고 품에 안기는 딸을 보며 내가 평범한 아버지라는 사실을 자각했다.

"아빠, 요즘 힘들어?"

"아니, 내가 왜 힘들어?"

"엄마가 아빠 힘들다고 귀찮게 하지 말라고 했어."

"아, 그렇구나."

내 눈치를 종종 보기는 했지만 아이들끼리 하루 종일 잘

놀기에 그런가 했더니 현주가 아이들에게 한마디 했었나
보다.

하긴 그랬으니 이 귀여운 말썽꾸러기들이 나를 내버려
둔 것이겠지.

유진이가 혼자 무엇을 하고 있었나 보니 고무찰흙으로
우리 집을 만들고 있었다.

제법 정교하게 만들어서 나는 놀랐다.

유진이가 이렇게 손재주가 있는지 몰랐었다.

부모야 아이들이 조금만 잘해도 무슨 특별한 능력이 있
는 것처럼 착각하기 나름이라지만 객관적으로 봐도 제법
잘 만들고 있었다.

"잘 만들었네."

"히힛."

칭찬에 신이 났는지 유진이 입이 찢어질 만큼 크게 웃는
다.

나는 칭찬에 인색하지는 않지만 또한 남발하지도 않았
다.

뭐든 남발하면 가치가 떨어지게 마련이니까.

칭찬은 고래도 춤추게 만들기는 하지만 과한 칭찬은 아
이들을 망칠 수도 있다.

우리 아이들은 집에서 식구들이 TV 시청을 잘 하지 않

는다.

거실을 서재로 만들어 수많은 책으로 장식했고, 아이들이 읽기 좋은 동화책도 거실에 많았다.

아이들은 놀다가 지치면 어느새 책들을 보곤 했다.

아이들이 인터넷 중독에 빠졌을 경우 고치는 방법은 간단하다.

인터넷을 끊거나 제한적으로 볼 수 있게 시간을 정하고, 컴퓨터를 거실과 같은 공개된 장소로 옮겨야 한다.

알콜 중독자에게 냉장고에 가득한 술을 보고 마시지 말라고 말하는 것과 마찬가지로, 인터넷 중독을 스스로의 의지로 절제하라는 것은 사실 무리한 요구다.

어른이나 아이나 스스로의 의지로 될 수 있는 것이 있고 아닌 것이 있다.

예전에 TV프로그램에서 인터넷에 깊이 빠진 아이들이 있는 집의 인터넷을 끊고 거실을 책으로 채워놨다.

아이들은 며칠 동안 좌불안석을 하더니 이후에는 심심하면 책을 읽는 모습을 보았다.

아이들을 행복하게 만들려면 부모가 그러한 환경을 조성해 줘야 한다.

아이들이 공부를 못하는 가정엔 거의 대부분 거실에 항상 TV가 켜져 있다.

TV라는 것은 재미가 어지간히 없어도 습관에 의해 보게 된다.

그래서 우리 집은 아예 TV 자체를 잘 보지 않는다.

유진이의 손재주도 결국 심심하니까 혼자 놀 것을 스스로 만든 것이다.

아이들은 자신이 잘하는 것에 흥미를 느끼는 경우가 많으니 재능 개발에도 도움이 상당히 된다.

현진이가 소파에서 자다가 일어나 울음을 터뜨렸다.

우는 아이에게 유진이가 쪼르르 달려가 동생을 안아준다.

언니라고 하나밖에 없는 동생을 챙기는 모습에 내 마음이 따뜻해졌다.

밖에서 자던 엘리스도 언제 들어왔는지 현진이 옆에서 재롱을 부리자 현진이 우는 것을 멈췄다.

"현진아!"

"엄마!"

주방에 있던 현주가 아이의 울음을 듣고 나와 다독였다.

잠시 후에 현진이가 유진이와 놀자 현주가 다가와 웃는다.

"왜?"

"내일 시간 있어요?"

"응."

"그럼 우리 내일 보육원에 같이 가요."

"보육원을?"

"네, 딸기 애들이 내일 자원봉사하는 날인 모양인데 저에게 같이 가자고 하네요."

"그래?"

"네."

"그럼 뭐 같이 가지."

나는 무심코 승낙을 했다. 딸기 애들도 안 본 지 꽤 된 것 같았다.

저녁에 우리는 오랜만에 시간을 내어 술을 같이 마시고 낭만적인 시간을 가졌다.

8장

공정한 사회

다음 날 아침에 차를 타고 보육원에 도착하니 이미 아이
들이 와 있었다.

"어머, 오빠."

"안녕하세요."

"잘 지냈어?"

"네."

"넹."

　나미와 진미뿐만 아니라 연예인 지망생들도 많이 와 있
었다.

기획사 사무실에서 스치듯이 한두 번은 보았지만 이렇게 가까이서 본 것은 이번이 처음이다.

아이들이 어려워하고 있어 나는 웃었다.

나미와 진미는 중2 때 만나서인지 그래도 내가 어떻게 변해도 친한 척을 하려고 하는데 다른 아이들은 그렇지 않았다.

나도 억지로 아이들과 친하게 지낼 생각은 없었다.

아이들은 스스로의 선택에 따라 자신의 삶을 살아갈 것이다.

연예인은 사람들에게 기쁨을 주는 몇 안 되는 직업이다.

나는 그들이 우리 사회에 기쁨을 줄 수 있도록, 건강하게 출발할 수 있도록 배려만 해줄 뿐이다.

그들이 행복하다면 그들이 만들어내는 웃음도 더 밝을 것이다.

그러면 된 것이다.

시설은 그렇게 좋거나 나쁘거나 하지는 않았다.

아이들은 생각보다 밝았다.

특히나 연예인들이 방문해서 아이들이 더 좋아했다.

특히 나미가 가장 인기가 많았다.

아이들에게 인기가 있는 것은 역시나 가수였다.

사랑에 빠진 딸기는 아이돌 그룹은 아니지만 인기가 상

당히 많은 편이었다.

딸기와 연예인 지망생들이 모여 공연도 하고 아이들과 개인적으로 놀아주기도 하였다.

말이 자원봉사이고 대부분의 시간을 아이들과 같이 놀았다.

보육원 측에서도 그것을 원했다.

자원봉사자들이 일을 한다고 해도 효율적이지 못해 이런 요구를 한 모양이었다.

나와 현주는 보육원 사무실에서 담당자들을 만났다.

"아이들이 생각보다 밝은 것 같습니다."

"아이들이 정에 굶주려서 그런 겁니다. 손님들이 돌아가면 다시 평상시처럼 돌아오거든요. 아무래도 부모의 사랑을 받지 못했으니까요. 우리들이 아무리 사랑과 관심을 다해 돌본다고 하더라도 한계가 있습니다."

"아, 그렇군요."

보육원의 아이들이 겉으로는 무척이나 명랑하게 보였는데 그게 아니었나 보다.

하긴, 생각이 짧은 것은 나였다.

부끄러워 얼굴이 붉어지고 화끈거렸다. 내 모습을 보고 현주가 피식 웃었다.

"죄송하지만 직원들의 급여가 어떻게 되는지 알 수 있을까요?"

"......?"

"아, 제가 관련하고 있는 동원&현 재단은 국가가 해야 하는 일에는 지원하지 않습니다. 그러나 직원들의 복지는 지원합니다."

"아, 그렇군요."

공명호 원장은 직원들의 급여명세서를 보여주었다.

많지도, 그렇다고 아주 적지도 않은 금액이었지만 그들이 하는 일에 비해서는 터무니없이 적었다.

사랑을 나눠주는, 사람을 돌보는 직업이다. 그것도 아이들을.

공명호 원장 개인은 급여도 제대로 받지 못하고 있었다.

아이들에 대한 사랑이 너무 강해 자신의 몫을 아이들에게 나눠주었다.

심지어 그의 아들과 딸도 이곳에서 아이들과 같이 생활하고 있었다.

사람은 각기 다른 신념을 가지고 살아간다.

사람들 중에 간혹 이렇게 헌신적인 사람이 있게 마련이다.

회사에 돌아와 보육원의 원장을 생각했다.

자신의 능력보다 사랑이 커 자신의 것을 퍼주지 않으면

안 되는 남자.

왜 사람들은 자신이 가진 그릇보다 크거나 작은 사랑을 가졌는지 의아하다.

딱 맞는 사랑을 할 수 있으면 좋으련만.

*　　　　*　　　　*

빌딩 숲 사이에서 사람들이 지나가는 것을 보았다.

무엇이 그리 바쁜지 사람들이 종종걸음이다.

이곳은 낮에는 바쁜 사람들만 움직인다.

밤에는 욕망에 가득한 사람들이 거리를 활보한다.

욕망의 거리에 우뚝 솟은 수많은 건물.

부모와 처자식을 위해, 그리고 야망을 위해 부나방처럼 자신을 태워야 버틸 수 있는 곳.

이런 곳에서 생존하기 위해서는 현명해야 한다.

나는 모든 적과 싸울 수는 없다.

그렇게 되면 진짜 싸움에서 제대로 싸우지도 못하고 패배하고 말 것이다.

사회 속에서 살려면 적과 공존하는 법도 배워야 한다.

경쟁이란 다른 말로 적과의 전투다.

하지만 공정한 룰을 지키면 적과도 함께 웃으며 나아갈

수 있게 된다.

하지만 그 룰을 지키지 않으면 진정으로 인정사정없는 적이 되는 것이다.

누굴까?

적은 누구고, 그리고 나는?

어디까지 싸워야 하는지 알고 싶었다.

싸우고 싶지 않아도 꼭 싸워야 하는 적이 하나 있다.

부정한 저울로 한국을 농단하는 그들.

그런데 이들은 단 한 번도 대중 앞으로 나온 적이 없었다.

그리고 아무도 그들이 우리 사회의 적인지도 모르게 되었다.

게다가 사법부의 독립이 보장되어 있어 어떻게 건들 수도 없다.

그들을 어떻게 하면 대중 앞으로 끌고 올 수 있을까?

사람들 앞에 드러나지 않으면 아무리 큰 잘못을 해도 감추기 쉬운 법이다.

저들을 이제 사람들 앞에 드러나게 해야 한다.

그렇게만 된다면 작은 잘못에도 그들은 스스로를 반성할 수 있을 터인데.

"회장님!"

"어서 오세요."

최자연 이사가 노크를 하고 들어왔다.

"기자들이 선처를 요청하고 있습니다. 어떻게 할까요?"

"우리도 끝까지 가는 것은 원하지 않습니다. 하지만 도대체 왜 그랬다는 겁니까?"

"그게……."

"말을 안 해요?"

"네, 무조건 선처를 해달라고만 하고 있습니다."

"흠."

그들에게 압력을 행사한 사람이 상당하다는 것이라는 것이다.

그냥 넘기기도 그렇고, 그렇다고 그들에게 백기를 들라고 하기도 그랬다.

이미 용서를 해달라고 한 사람들에게 다그치기도 뭐했고.

끝까지 간다고 내게 유리한 판결이 난다는 보장도 없었다.

게다가 나는 법원을 불신하고 있으니 이쯤에서 덮고 개인적으로 그들의 배후를 알아봐야 할 것 같았다.

"좋게 처리하세요."

"알겠습니다."

최자연 이사가 돌아갔다.

나는 꼭 알고 싶었다.

도대체 누가 나를 노리고 있는지.

*　　　*　　　*

차가 멈췄다.

경호 차량은 다른 차량에 의해 가로막히고 그때처럼 다시 홀로 남겨졌다.

또 이런 일이 벌어진 것에 대해 나는 분노를 넘어 허탈하기까지 하였다.

경호원이 보강되었지만 이렇게 미리 준비를 하고 기다리면 어쩔 도리가 없다.

네 대의 경호 차량 중에서 세 대는 이미 밖의 컨테이너 차량에 의해 분리되어 버렸다.

밖이 시끄러운 것을 보니 경호원들이 이쪽으로 오려고 싸우고 있는 듯했다.

검은 양복을 입은 남자 하나가 걸어와 정중하게 인사했다.

나는 창문을 내려 그를 보았다.

얼굴만 보면 30대로 보일 정도로 피부가 곱고 동안이었지만 약간 희끗한 머리가 그가 중년임을 알게 해주었다.

경호원들이 앞을 가로막았지만 남자에게서 느껴지는 기도에 눌렸는지 상당히 조심하는 눈치였다.

"김이열 회장님, 저의 회장님이 한번 뵈었으면 하십니다."

"면회 신청을 너무 요란하게 하는군요."

"저희가 아는 방법이 이런 것밖에 없습니다."

나의 말에도 남자는 변함없이 차가운 얼굴로 대답했다.

솔직한 듯하면서도 상당한 위협이 내포된 말이었다.

솔직히 자신들이 무식하다고 말하는 것은 그만큼 위험하다는 말을 둘러서 하는 말이었다.

언제든지 지금과 같은 사태가 또 일어날 수 있다는.

"나를 본다는 사람이 누구입니까?"

"그건 가보시면 아십니다."

"납치를 하시겠다?"

"거절하시면 저희는 그냥 돌아가겠습니다."

"······."

실력을 보여줘 쉽게 거절하지 못하게 한다.

게다가 정중하기까지 하니 상대가 무척이나 까다로운 자인 것을 직감할 수 있었다.

"뭐 만나는 거야 어렵겠습니까?"

"그럼 저희가 모시도록 하겠습니다. 경호원은 그대로 대동하시고 오셔도 됩니다."

나는 말없이 고개를 끄덕였다.

중년의 남자가 고개를 끄덕이자 차단막으로 작용하던 컨테이너 차량들이 순식간에 남자가 탄 차 하나만 남기고 사라졌다.

대단한 자신감의 표현이었다.

나는 그의 행동을 보며 더욱 일이 쉽지 않게 돌아가는 것을 느꼈다.

오랜만에 친구에게 전화가 왔었다.

그를 만나러 외곽 고속도로를 벗어나서 한적한 길로 접어들자마자 당한 것이다.

도청을 당했을 수도 있었겠다는 생각이 들었다.

누군가 세상은 넓고 할 일은 많다고 말했지만, 내게는 세상은 넓고 싸워야 할 적이 많았다.

가만히 있는데 적들이 늘어난다는 것은 그만큼 이해관계가 상충된다는 것이다.

내가 한 일 중에 무엇이 그들의 이익을 침해했을까, 아무리 생각을 해봐도 없었다.

차는 다시 삼성동으로 돌아와서 인터콘티넨탈 호텔으로 들어갔다.

VIP룸에 들어가니 60대로 보이는 남자가 의자에 앉아 있었다.

그 주위에 부하로 보이는 십여 명의 남자가 눈빛을 빛내며 나를 바라보았다.

"어서 오시오, 김 회장."

거만한 표정으로 바라보는 것이 나를 마치 자신의 아랫사람으로 인식한 듯했다.

남자는 마치 왕처럼 여유롭고 새처럼 자유로워 보였다.

"반갑습니다. 그런데 무슨 일로 저를 부르신 것입니까?"

"허허허, 일단 앉아서 이야기를 합시다."

그는 웃으며 말했지만 위험한 자가 풍기는 위압감과 잔혹함이 은연중에 그의 몸에서 흘러 나왔다.

나는 나직하게 한숨을 쉬고 그를 바라보았다.

"이렇게 김 회장을 모신 것은 할 이야기가 있어서 입니다."

"……?"

"솔직히 말하면 김 회장은 제거 대상이었소. 하지만 너무 여론이 좋지 않아 방향을 틀었소."

나는 기가 막혔다.

가만히 있어도 죽인다 살린다 하고 있으니 기분이 나빴다.

이놈들이 내 정체를 모르니까 이런 소리를 감히 할 수 있지, 하는 생각이 들다가도 그 점에 오히려 안도가 되었다.

내가 가만히 있자 그는 너털웃음을 터뜨리며 다시 말을 시작했다.

"역시 들은 바대로 말이 별로 없으시군요, 허허허."

"아, 네."

"솔직히 말하면 나는 개인적으로 김 회장에게 호감이 있습니다. 하지만 모난 돌이 정을 맞는 것은 자연스러운 일이지요."

"그렇군요."

그는 분위기를 바꾸기 위해 차를 권하기도 하고 이것저것 물어보기도 했다.

그는 슬쩍 내 눈치를 살피더니 말을 이어갔다.

"솔직히 말하면 우리가 사는 세상에는 여러 종류의 집단이 있지요. 그리고 이런 집단들은 자신들의 이익에 관련된 것이면 무슨 짓도 망설이지 않는데 이게 웃긴 게 서로 죽일 듯 싸우다가도 새로운 적이 나타나면 언제 싸웠냐는 듯이 힘을 합해 새로운 적에 공동으로 대응하지요."

"아, 그렇군요. 하지만 나는 아무것도 하지 않았습니다."

"우리는 그런 것을 따지지 않습니다. 일단 경쟁자는 죽이고 보는 거죠."

"......."

이제야 이해가 갔다.

함흥 고씨 일가가 왜 나에게 그렇게 적대적이었고 나를 죽이기 위해 혈안이 되었는지 말이다.

이유는 없었다.

그냥 새로운 경쟁자가 될 것 같으니 없애려고 한 것이다.

언론에 보도만 되지 않으면 대부분 무마할 수 있을 정도의 권력을 갖고 있으며, 문제가 되면 도마뱀 꼬리 자르듯 도망갈 것이다.

그러니 대낮에 대놓고 테러를 저지른 것이다.

죽이기만 한다면 적당한 놈이 죄를 뒤집어쓰고 감옥에 들어갔다 나오면 되니까 말이다.

"우리들이 이 땅에서 권력을 잡은 지가 거의 100여 년 가까이 됩니다. 함흥 고씨가 가장 오래되었고 짧은 세력도 대략 50년이 넘지요. 그러니 새로운 세력이 떠오르는 것을 별로 원하지 않습니다. 세상은 점점 먹고살기 힘들게 변하고 있으니 새로운 경쟁자가 생기는 것은 반가운 일이 아니지."

"하지만 세상은 변하고 있습니다. 일본의 대표적인 기업인 소니와 파나소닉, 그리고 산요까지 몰락해 버리지 않았습니까? 새로운 패러다임에 적응하지 못하면 어떤 기업이든 망하는 것은 순식간입니다."

"흠, 그게 문제지."

남자는 얼굴을 찡그리며 화가 난 듯 주먹을 꽉 쥐었다.

그는 얼핏 보아도 일본인으로 보였다.

요즘 도레미와 테이진 등 일본 기업의 한국 진출이 갑자기 늘어났다.

일본의 높은 엔고, 높은 법인세율, 높은 전력요금, 강력한 환경규제 등으로 일부 기업이 한국 투자를 서두르고 있었다.

게다가 한국의 인건비는 아직도 일본의 약 60%밖에 되지 않는다.

가난한 나라에서 헤게모니를 잡은 것은 아이러니하게도 중국계나 일본계가 적지 않았다.

최근에야 한국 기업의 약진이 있어 그 정도가 희석되었지만 일본 자금이 빠르게 금융업에 진출하여 제2금융권과 제3금융권을 꽉 잡아버렸다.

그리고 최근에는 비록 지방이지만 동네 상권에까지 진출했다.

돈이 있는 놈들끼리 모여서 자신들만의 리그를 만들었는데 내가 갑자기 끼어든 것이다.

"저는 별 관심이 없습니다."

나는 정중하게 거절했다. 하지만 돌아온 것은 차가운 반응이었다.

"믿지 않는군. 세상은 김 회장이 아는 것보다 더 진창이지. 고상하게 살 수 있는 세상이 아닌 것은 나도 유감이지. 하지만 쉽지 않을 거요. 일단 나는 당분간 중립을 지키도록 하지. 오늘 만난 기념으로 말이지, 하하."

그는 광오했다.

사업가라기보다는 어둠 속에서 사는 보스 같았다.

남자의 이름은 사카모토 코스케였다.

그의 명함은 금으로 도금되어 이름과 전화번호만 있었다.

세계는 내가 알지 못하는 것으로 가득했다.

부자가 되기 전에는 모두 나와 같은 줄 알았는데 부자들은 내가 생각하는 것보다 더 치열하게 살아가고 있었다.

이해가 가지 않았다.

서로 싸우지 않고 선의의 경쟁을 하면 지금보다 더 큰 부를 이룰 수 있을 텐데.

내가 얼마만큼의 부자가 되느냐가 아니라 나보다 부자가 있어서는 안 된다는 편협한 마음이 문제였다.

부자들은 서로 모여 새로운 부자를 왕따 시키면서 자신들의 부를 유지하고 있었던 것이다.

친구에게 전화를 하고 약속을 다음으로 미루었다.

친한 친구였지만 지금은 그를 만날 마음이 아니었다.

이게 뭘까?

왜 세계는 이 따위일까?

나는 그제야 왜 중국이 동북공정을 주장하고 일본이 독도를 자기들 것이라고 주장하는지 알 것 같았다.

뭐 거창한 이유가 있는 것이 아니었다.

단지 나보다 나은 놈을 용납 못하는 것이었다.

우리 민족이 최고다, 그래서 세계의 중심이 되어야 한다는 생각.

다른 사람이 보면 말도 안 되는 이야기지만 같은 그룹에 속하면 그 말도 안 되는 것이 말이 되는 것이다.

나는 한동안 사람들이 국회의원을 욕하는 것을 이상하게 여겼다.

그들이 욕하는 몇몇 사람을 제외하고는 대부분 인품도 괜찮고, 성격도 좋았다.

학벌도 집안도 흠잡을 데가 별로 없는 사람들이다.

그런데 왜 국회의원이 되면 그렇게 멍청해지고 바보 같아지는지 이해하지 못했다.

그러다가 나는 그들이 가진 권력이 내가 생각하는 것보다 사실 엄청나게 큰 것이 아닐까 싶어졌다.

예를 들면, 길에 100원이 떨어져 있으면 대부분의 사람들은 그냥 지나친다.

굳이 100원을 얻으려고 허리를 숙일 필요를 못 느끼는 것이다.

1,000원이 되면 어지간한 사람들은 주우려고 한다.

만 원이면 서로 주우려고 눈치를 살필 것이다.

그렇다면 10억짜리 다이아몬드라면?

그렇게 된다면 대부분의 사람들이 다이아몬드를 주우려고 눈에 불을 켤 것이다.

그리고 비록 자신은 개인적으로 다이아몬드를 줍는 일에 참여를 하지 않는다고 해도 그 일에 참여하는 동료를 비난할 수 없을 것이다.

너무 큰 금액이니까.

국회의원에 당선되고 사람이 변하는 것은 그만큼 누리는 권력이 크기 때문일지도 모른다.

나는 그렇게 생각해 보았다.

세상에는 정치적인 권력만 있는 것은 아니다.

보이지 않는 곳에서 자신들만의 세상을 만들어 그곳에서 왕 노릇 하는 사람들도 있을 것이다.

사카모토 코스케도 그런 사람 가운데 하나이고 고씨 가문도 마찬가지다.

그들은 처음엔 나를 제거해서 없애 버리려고 하다가 세

상의 이목을 너무 받게 되니 차라리 이참에 받아들여서 이득을 취하려고 한 모양이다.

한국 최고의 부자라는 타이틀이 그들의 마음을 상하게 만들었으리라.

별로 내세울 것도 없는 내가 10년도 안 되어 그렇게 되었으니.

자신들이 수십 년, 혹은 수백 년에 걸쳐 이룬 것을 너무 쉽게 만들었으니 배가 아팠으리라.

생존을 위해서는 이들 중 하나와 손을 잡아야겠지만 나는 이런 세계가 마음에 들지 않았다.

자기들이 뭔데 세상의 룰을 만든단 말인가.

우리가 살아가는 세계의 모순은 속도의 차이 때문일지도 모른다.

엘빈 토플러는 경제 발전의 속도를 사회 제도나 정책이 따라오지 못한다고 말했다.

기업은 시속 100km로 달리는데 관료 조직과 정책, 그리고 법률은 30km로 움직인다는 것이다.

이런 속도의 차이는 상호 충돌을 불러오고 발전에 방해가 된다는 것이다.

생각의 속도나 방법이 그들과 다른 것이다.

이들은 느리게 움직이고 나는 빨리 움직이고, 그 차이가 서로 불편한 관계를 만들었다.

게다가 그들은 세상의 평화나 정의엔 관심이 없다.

자기들이 누려온 특권에만 관심이 있을 뿐이다.

우리는 변화의 속도를 조금이라도 늦추면 도태되고 마는 세상에 살고 있는 것이다.

일본은 이런 변화에 능동적으로 대처를 못했다고 엘빈 토플러는 말했다.

'아, 어떻게 한다?'

집에 도착하여 간단하게 식사를 하고 서재에 앉아 계속 생각했다.

이것은 내가 원하는 삶이 아닌데.

한숨을 내쉬고 침대에 누웠는데 현주가 살포시 안겨온다.

"뭐가 마음대로 안 돼요?"

"응, 그러네. 난 가만히 있고 싶은데 자꾸 시비를 걸고 싸우자고 해."

"정말 안 그랬으면 좋겠는데. 옛날이 지금보다 더 나은 것 같아요. 부자가 되니 불편하기만 하고. 사람들하고도 멀어지는 것 같고요."

"나도 그렇게 느끼고 있어. 사람들에게 밝혀지지 않았으면 몰라도, 내가 너무 욕심을 부린 것 같아. 돈이 벌린다고 무조건 벌고 보았으니까. 돈이 이렇게 사람을 불편하게 만들 줄은 나도 몰랐어."

"나봇의 포도원 이야기를 아세요?"

"모르는데."

"아합 왕은 아름다운 궁전을 지었어요. 그런데 왕궁 근처에 있는 나봇의 포도원이 눈에 걸렸죠. 저것마저 내 것으로 만들고 싶다는 생각이 들었죠. 그래서 그는 그 포도원을 자신에게 팔라고 했지만 나봇은 거절했어요. 선조가 물려준 포도원이라는 이유로. 아합의 아내 이세벨은 그 사실을 알고 나봇을 죽이고 그 포도원을 그 남편에게 주었죠."

"그래? 나쁜 놈이네."

"네, 그런데 세상엔 나쁜 놈이 너무 많아요. 그래서 당신이 걱정하는 거죠?"

"응, 그렇다고 봐도 되지."

정말 현주는 눈치 하나는 기가 막히게 빨랐다.

말을 하지 않아도 내게 무슨 문제가 생겼는지 직감적으로 알아차리곤 했다.

우리가 이렇게 적지 않은 시간을 같이 살아왔어도 큰 문제가 없는 것은 아마도 현주의 섬세함 덕분일 것이다.

사람들은 아름다운 포도원을 탐내고 빼앗으려고 한다.

왕을 이길 수 없는 나봇처럼 백성들은 권력자들을 이길

수 없다.

그래서 나는 좀 더 공정한 사회가 되었으면 했는데.

래리 페이지에 의해 내가 세상에 너무 빨리 등장한 것이 문제였다.

나는 준비도 안 되었는데 적이 너무 많이 생겨버린 것이다.

그들 눈에 나는 포도원을 가진 자였다.

그들은 내가 마법사라는 것을 모르니 만만하고 쉽게 보일 것이다.

그렇다고 마법사라고 대놓고 말을 할 수도 없었다.

그런다면 정말 상상도 하지 못할 위협이 올 것이니까.

틀을 새롭게 짜는 일은 너무 힘이 든다.

기존에 안락한 삶을 즐겼던 사람들의 저항이 너무나 거세었다.

9장

남존

여름이 가고 가을이 왔다.

일상은 변함없이 그렇게 흘러갔다.

어제와 같은 오늘이 계속되었지만 지루하다는 생각은 하지 못했다.

아이들이 자라는 모습을 보며 내 인생도 평탄하게 흘러가기를 마음속으로 소원했다.

여름에는 블루베리를 따서 아이들과 먹었고 이제는 사과가 제법 익어가고 있었다.

정원에 심은 나무들은 잘 자랐고 주식투자도 올해는 등

락을 거듭하는 바람에 수익률이 좋았다.

비록 몇 번의 타이밍을 놓쳤지만 여전히 견고하게 상승했다.

동원&현 재단도 조금씩 체계를 갖춰 나가고 있었다.

올 여름에는 유난히 비가 많이 왔다.

게다가 홍수까지 와서 농사를 망친 분들도 많았다.

찢어진 비닐하우스와 물에 잠긴 벼를 보며 눈물을 흘릴 많은 농부를 생각했다.

11월이 되자 분위기가 좋지 못했다.

미군과 함께하는 호국훈련에 대해 북한이 자국을 공격하기 위한 훈련이라며 중단을 요구했다.

한국 정부가 연례적인 훈련이라고 거절했지만 북한은 꽤나 강경하게 나왔다.

나는 연평도에 북한의 대구경포 공격이 있을 것을 알았지만 언제인지 정확하게 기억이 나지는 않았다.

이미 거의 30년 전에 일어난 사건이었기 때문이다.

20년 전으로 회귀를 한 후 다시 9년을 살았으니 내 기억의 파편이 정확하지 않은 것이다.

이제는 주식도 이전처럼 적극적으로 하지 않고 있었다.

특히나 한국에서는 거의 선물이나 단타를 하지 않았다.

올해를 끝으로 주식도 정리할 생각도 있었다.

더 벌어봐야 쓸데도 없는 돈이었다.

북한의 연평도 폭격이 있었고 TV에서는 반파된 집들과 두려움에 떨고 있는 주민들의 모습이 실시간으로 방송되었다.

온통 연평도에 대한 이야기로 온 나라가 떠들썩했다.

6.25 전쟁 이후 교전 중 최초로 민간인 사망자가 나왔다.

사람들은 혹시라도 전쟁이 날까 두려워했지만 다행히도 그런 일은 발생하지 않았다.

폭격으로 주민의 대다수가 육지로 피난했다.

일부는 친척집에서, 그리고 일부는 찜질방에서 생활하며 떠나온 삶의 터전에 대한 걱정을 했다.

12월이 되어 주식을 결산해 보니 타이밍을 노려 여러 번 거래를 했음에도 이전보다 수익률이 높지 못했다.

투자 금액이 많아지자 분산투자를 하게 되면서 집중력이 흐트러졌기 때문이었다.

애플과 구글에서는 100% 이상 수익률을 얻었지만 나머지 아마존이나 STL 등에 투자한 것은 수익률이 그다지 높지 않았다.

그럼에도 불구하고 작년에 34조였던 돈이 이제는 53조가 되었다.

이제는 워렌 버핏과 비슷한 부자가 되었다.

1위 카를로스 슬림이나 빌게이츠에 비하자면 여전히 차이가 많이 났다.

하지만 내년에 제대로 투자를 한다면 세계 최고의 부자가 될 것은 틀림없었다.

하지만 이제는 그것이 거의 불가능에 가깝다는 것을 알았다.

이제는 투자할 곳도 마땅치 않았다.

그리고 나는 이제 주식을 더 하고 싶은 생각도 없었다.

*   *   *

급하게 울리는 핸드폰을 이상하게 생각하며 전화를 받았다.

현주가 다급하고 절망적으로 흐느꼈다.

—여보, 큰일 났어요! 유진이가 괴한들에게 납치당했어요.

"뭐?"

—어떻게 하면 좋아요.

순간 머리가 핑 돌며 다리에 힘이 빠져 그 자리에 주저앉을 뻔했다.

경호원이 급히 다가와 부축을 해주었다.

"어떻게 된 거야? 경호원들은?"

─그게, 그게 10분 전에 괴한들이 나타나 마취총을 쐈어요. 우리 유진이 어떻게 해요?

"어디서 당했어?"

─집 근처에서요.

나는 급히 정보분석팀에 연락을 해서 유진이가 어디로 납치되었는지 알아보도록 했다.

이제는 국내 최강의 정보력을 가진 삼영 그룹보다 더 빠르고 정확할 정도로 정보팀이 강화되어 있었다.

집 근처라면 그래도 희망이 있었다.

몸에 힘이 하나도 없다가 딸아이를 살려야 한다는 생각을 하자 없던 힘도 났다.

경호원으로 하여금 차를 준비하라고 하고 나는 밖에서 기다렸다.

지이잉.

2분도 안 되어 핸드폰이 울리자마자 전화를 받았다.

─회장님, 방금 범인이 탄 것으로 추정되는 차가 의왕터널을 막 통과했답니다.

안정훈 실장의 말에 시동을 걸고 출발했다.

나는 전화기를 켜두었다.

유진이가 차고 있는 목걸이에 위치 추적을 할 수 있도록 해놓았기에 정보팀이 계속 위치를 추적하여 보내주고 있었다.

정신없이 차를 몰았다.

오후라 차가 많이 막혔다.

폭발할 것 같았다.

온몸이 부들부들 떨리고 정신은 제 상태가 아니었다.

몸에서는 땀이 비 오듯 했다.

도로가 막히니 신호 위반을 하고 말고도 없었다.

어떻게 할 도리가 없었다.

창문을 보니 마침 오토바이 한 대가 신호를 기다리며 멈추어 섰다.

나는 핸드폰을 들고 차에서 내려 그에게 다가갔다.

주머니에서 지갑을 꺼내 돈을 그에게 모두 주었다.

그가 의아한 표정으로 나를 바라보았다.

나는 강제로 그를 내리게 하고는 이야기 했다.

"내 딸이 납치되었습니다. 오토바이를 빌리겠습니다."

"네, 네?"

"부족하면 동원산업으로 오십시오. 저는 김이열입니다."

"아~"

그가 내 얼굴을 보고 아는 체를 하려는 순간 나는 오토바이를 타고 도로를 질주하기 시작했다.

비상등을 켜고 클랙슨을 누르며 정신없이 달렸다.

차가 와서 박는다고 하더라도 멈출 수 없었다. 딸아이의 생명이 달린 일이었다.

그 무엇도 막을 수 없었다.

계속 안정훈 실장의 지시를 따라 오토바이를 운전했다.

─회장님 그 근처입니다.

나는 주위를 둘러보았다.

갈림길이다.

잘못 방향을 잡으면 곤란했다.

마법사의 예리한 직감이 오른쪽이라고 말하고 있었다.

한참을 달리니 봉고차가 나왔다.

'저거로군.'

"프레벨."

신호에 걸렸다가 다시 출발하려는 봉고차 위로 뛰어올라 앞에서 막아섰다.

쿵.

뒤로 몸이 조금 밀렸지만 봉고차는 헛바퀴만 돌며 움직이지 못했다.

나는 봉고차의 앞을 두 손으로 들어 올렸다.

헛바퀴만이 요란하게 돌아가고 있었다.

나는 매직미사일을 바퀴에 쏘았다.

펑.

바퀴는 폭탄을 맞은 듯 요란한 소리를 내며 터졌다.

"쉴드."

나는 문을 뜯어버리자마자 잠든 딸아이를 향해 마법을 펼치고는 괴한들을 향해 돌격했다.

남자 둘이 마취총을 꺼냈다.

나는 다급한 마음에 닥치는 대로 주먹으로 치고 딸을 품에 안았다.

아이는 여전히 잠들어 있었다.

"파이어볼."

화염의 덩어리가 봉고차 안에서 터졌다.

마치 거대한 폭탄이 터진 것처럼 봉고차는 형체도 없이 불에 녹아내렸다.

거대한 폭음에 주위의 사람들이 바라보자 나는 급히 인비저빌리티를 사용하여 모습을 감추었다.

아이는 폭음 소리에 깨어 주위를 돌아보았지만 아직까지 잠에 취해 있는 것 같았다.

딸이 무사한 것을 확인하자 긴장이 탁하고 풀리며 몸이 무거워졌다.

얼마나 놀라고 화가 났던지 심장이 아직도 벌렁거리며 몸이 사정없이 떨리고 있었다.

아들 민우의 죽음을 지켜보았는데 딸아이마저 나보다 앞서 보내게 될지도 모른다고 생각하여 제정신이 아니었었다.

나는 현주에게 유진이가 무사하다는 전화를 해주고 그 자리를 벗어났다.

정보분석팀에게 대략적인 이야기를 해주고 뒷수습을 부탁했다.

나는 유진이를 안고 길을 마냥 걸었다.

눈물이 저절로 흘러내렸다.

아이가 무사했지만 흘러내리는 눈물이 도무지 멈추지 않는다.

정말, 정말 다행이다.

딸아이를 잃을 수도 있다는 생각을 단 한 번이라도 하게 되자 눈앞이 깜깜해지고 걷잡을 수 없을 정도로 심한 동요를 받았다.

도대체 어떻게 된 것이지?

경호원이 있었는데 말이다.

유진이는 여전히 잠이 오는지 내 품을 파고든다.

잠결에도 내가 아빠라는 것을 아는지 그 작은 손으로 나를 꼭 껴안고 있었다.

다행이다, 정말 다행이다.

안도의 한숨과 눈물이 동시에 흘렀다.

그리고 말할 수 없는 분노가 저 어둠의 끝에서부터 나타났다.

도대체 왜?

이런 어린아이까지 노린단 말인가.

절망이 안도감으로 바뀌고 나서 얼마 지나지 않아 분노로 돌변했다.

"나는 도망갈 것이다. 이 더러운 세계에서. 가기 전에 분명한 선물을 주겠다."

내가 중얼거리자 유진이가 꿈틀거리며 안겨온다.

이렇게 시간이 지났음에도 깨어나지 않는 것을 보면 놈들이 유진이에게 수면제를 쓴 것 같았다.

중간에서 만난 경호원들의 차를 타고서 집으로 돌아왔다.

10장

가족의 인진

집에 도착하니 대문 밖에서 현주와 부모님이 초조하게
기다리고 있었다.

차에서 내리자마자 현주가 뛰어왔다.

"유진아!"

내 품에서 유진이를 받아 들고는 하염없이 눈물을 흘리
는 현주를 보니 나의 뺨에서도 어느덧 눈물이 흘렀다.

아버지가 다가와 내 등을 두들겨 주셨다.

"걱정 많으셨죠?"

"너희만 하겠느냐."

아버지는 담담하게 말씀하셨지만 나는 안다.

아버지가 유진이를 얼마나 귀여워하고 사랑하셨는지를.

"엄마!"

"응, 유진아. 엄마 여기 있어."

"앙~"

엄마를 보고 눈물을 터뜨리는 딸아이의 모습에 슬픔과 기쁨이 교차되었다.

안도의 한숨을 쉬었다.

언제까지 이렇게 위태롭게 살아야 할까 생각하니 주먹에 저절로 힘이 들어갔다.

유진이와 꼭 껴안고 자는 현주를 보며 나는 복수를 다짐했다.

이제야 나는 알았다.

악인에게 선한 의도와 배려는 아무런 의미가 없다는 것을.

가만히 있어도 이렇게 나를 죽이려는 자들에게 내가 취할 수 있는 것은 별로 없다는 것을.

나는 동원산업에 출근하여 나동태 회장을 만나 은퇴할 것이라는 말을 했다.

그는 깜짝 놀라며 만류하였지만 나는 뜻을 굽히지 않았다.

그리고 최자연 이사의 아버지를 만나 각곡한 말로 동원&현 재단의 운영을 맡아줄 것을 부탁드렸다.

영남대를 불의한 정권에 의해 강제로 빼앗기지 않았느냐, 이것은 개인 소유는 아니지만 그보다 더 뜻깊은 일이다, 하며 설득을 하자 그가 동요했다.

그는 내가 곧 은퇴를 할 것이라는 것을 알고는 마지못해 수락했다.

그는 선조들의 유지를 따라 제대로 살아왔기에 나는 더욱 그가 필요했다.

그를 총괄 이사로 임명하였다.

그리고 수없이 많은 시간을 동원&현 재단의 사람들과 이야기하며 재단이 나아갈 방향을 잡았다.

한국에서의 일을 정리하면서 내게 투자를 했던 사람들을 만나 돈을 돌려주며 그동안 고마웠다고 인사를 나눴다.

그들은 돌아온 엄청난 금액에 환호를 하면서도 아쉬워했다.

시간이 지나면서 대부분의 일이 마무리되기 시작했다.

그사이에 나는 미국의 집을 알아보고 이사할 준비를 했다.

이민은 아니지만 한동안 살 곳이라 신중하게 골랐다.

내 생에 또다시 누군가를 잃고 싶은 마음은 없었다.

그리고 전격적으로 동원산업에서 물러난다고 발표했다.

언론들은 충격적인 사실로 받아들였다.

나의 지분은 동원&현 재단에 위탁되어 사회를 위해 사용될 것이라고 했다.

비행기를 타며 이것이 끝이 아님을 다짐했다.

단지 연극일 뿐이다, 가족의 안전을 위한.

이렇게 쉽게 결정할 수 있었던 것은 나의 재산 중 한국에 있는 것은 정말 작은 부분에 지나지 않았기 때문이다.

새로운 집에 아이들과 부모님, 그리고 현주의 밝은 모습을 보며 왜 이런 선택을 미리 하지 못했나 하는 생각을 했다.

*　　　*　　　*

나는 어둠이 짙어지는 5월의 밤에 한국행 비행기에 몸을 실었다.

호텔에서 하루를 묵고 다음 날 저녁까지 편하게 쉬었다. 낮에 안정훈 실장이 다녀갔다.

정보분석팀은 그대로 유지하며 내 개인 돈으로 경비를 지출하기로 회사와 합의했다.

회사가 정보를 원할 때에는 그때마다 합당한 경비를 지

출하기로 하면서 말이다.

나는 사카모토 코스케의 명함을 만지작거렸다.

금으로 도금된 명함은 불빛에 더 멋지게 빛났다.

그를 만나고 나서 그 일을 잊어먹고 있었다.

그가 유진이를 납치했을 것 같지는 않았다.

그라면 아마도 납치가 아닌 살인을 지시했을 것이다.

하지만 시작은 그로부터 해야 한다는 것도 사실이었다.

택시에서 내려 어둠에 젖어든 거대한 자택을 바라보았다.

영국의 고성만큼 고아하고 거대하지는 않았지만, 한국에 이렇게 아름답고 거대한 저택은 많지 않았다.

그것도 서울 외곽에 말이다.

저택은 산을 끼고 있어 밖에서는 그 규모가 상당히 가려져 있었다.

사카모토 코스케는 서재에 홀로 있었다.

"그동안 잘 지내셨습니까?"

"어, 어, 여… 여기를 자네가 어떻게 들어왔는가?"

"몇 가지 물어볼 말이 있어서 왔습니다."

"허, 이거 참. 그때 그 일은 유감이네. 그 일로 자네가 전격적으로 은퇴를 선언할 줄은 나도 몰랐어. 하지만 그 일은 나와는 상관이 없네."

"압니다. 한 입으로 두말을 할 분이 아니시라는 것을요."

"그러면 왜 나에게 왔나?"

"당신을 죽이려고 왔습니다."

"뭐, 뭐?"

"알고 있는 것을 모두 말씀해 주시면 편하게 숨질 것이고 그렇지 않으면 고통을 당하다가 죽을 것입니다."

"뭐야?"

사카모토 코스케는 의자에서 벌떡 일어나 나를 쏘아보았다.

나는 그런 그를 보고 빙긋 웃었다.

"그럴 힘이 있나?"

"물론입니다. 이전에는 제가 가진 힘을 사용하는 것을 항상 망설였습니다. 사람의 목숨을 상하게 만드는 것에 대한 부담감, 상대가 속해 있는 가족들과 사랑하는 사람들을 생각하면 쉽게 손을 쓰지 못했었지요. 그런데 가만히 있었는데 자꾸만 저를 죽이려고 하더군요."

"그럼 자네와 붙어서 사라졌던 그들은 모두 자네의 작품이라는 말인가?"

"들어오면서 모든 도청장비나 CCTV도 제거를 했습니다. 괜한 유도성 질문은 하지 않으시기를 바랍니다."

"허어, 자네가 이리 무서운 자라는 것을 생각도 못했군."

사카모토 코스케는 말을 하면서 자세를 바로 했다.

아마도 그냥 죽어줄 마음은 없는 모양이었다.

사실 누가 죽인다고 했을 때 순순히 죽어줄 사람이 누가 있겠는가.

"파이어."

주문이 끝나자 맹렬히 타오르는 불이 점점 형체를 갖춰 가기 시작했다.

마나를 응축하자 거대했던 불덩이가 점점 작아졌다.

"어, 어, 어……"

사카모토 코스케는 말도 못하고 더듬거리며 눈을 크게 뜨고 끔벅거렸다.

"이것을 여기에 터뜨리면 이 아름다운 집이 순식간에 불타버릴 것입니다."

"그럼, 자네의 딸이 납치되었을 때 폭발한 그 차도 자네가 한 것인가?"

"네, 그 사건 이후 저는 이 땅에 있는 범법자들을 모두 치우기로 결심했습니다. 사카모토 코스케 씨, 알고 있는 대로 말씀해 주시면 일본에 있는 가족들은 건드리지 않겠습니다."

"하지만 나는 자네에게 아무 짓도 안 했네."

"물론입니다. 그러나 당신들은 아무 이유 없이 그냥 죽인다고 하지 않았습니까? 당신의 어린 딸인 아오이 양과 아들인 타게야마 군도 절대 건드리지 않을 것이라는 약속을 할 수 있습니다."

"그걸, 어떻게……."

아오이는 그의 숨겨진 딸이었다.

타케야마는 그의 본처에게서 태어난 아들이고.

나는 이 사실을 알아내기 위해 일주일을 더 기다렸던 것이다.

그의 협조를 얻기 위해서 말이다.

"감춘다고 완전히 감춰지는 것은 아닙니다. 어떻게 하시겠습니까? 협조를 하지 않으면 당신이 속한 조직의 조직원 모두를 죽일 것이며, 그 후 저는 귀찮지만 일본으로 건너가서 마무리를 해야겠지요."

"모, 모두를 죽인단 말인가?"

"……."

나는 말없이 그를 노려보았다.

나는 그가 누군가를 기다리는 것을 알고 있었다.

그리고 그가 시간을 끄는 사이 발걸음 소리가 멀리서부터 들려오고 있었다.

다급하게 달려오면서도 절도 있는 발소리로 미루어보아 전에 만났던 그자 같았다.

소리 없이 문이 열리며 그가 들어왔다. 나를 보고 잠시 놀란 듯하더니 몸을 날려 왔다.

빠르고 날카로운 공격이었다.

그는 작아진 파이어를 보지 못했는지 서슴없이 나의 머리를 향해 공격해 왔다.

공기의 파동이 느껴질 정도로 날카로운 공격이었지만 나는 가볍게 그의 발을 피해 뭉쳐놓은 파이어를 던졌다.

던지면서 이미 마나를 조절하여 약하게 만들었다.

"크악!"

그는 미처 나의 공격을 예상도 못했는지 파이어를 피하지 못했다.

마나로 이루어진 불은 그의 심장을 통과한 후 순식간에 그를 태웠다.

"헉!"

사카모토 코스케는 순식간에 죽어 재가 되어버린 자신의 부하를 바라보고는 망연해졌다.

"이루마 겐치로! 이렇게 죽다니, 미안하구나."

그는 마지막까지 품위를 잃지 않으려고 노력한 듯했지만 부하가 단 한 번에 재로 변한 모습을 보더니 모든 것을 포기하였다.

아까 그는 의자에서 일어나면서 주머니에 있던 호출 버

튼을 누른 것이었다.

그래서 이루마 겐치로가 왔고, 그리고 죽었다.

"이 땅뿐만 아니라 세계에는 힘있는 자들의 리그가 따로 있네. 자네도 이제는 깨닫고 있겠지만 돈은 있는데 할 것은 별로 없네. 여자, 술, 명품. 이런 것들이 일상화가 되니 그런 것은 의미가 없어지지. 그래서 서로 싸움을 시작한 것이야. 싸우면 지루하지 않으니까. 그리고 이기면 진 놈 것을 다 가질 수 있으니까 말이지. 하지만 시작이 있으면 끝도 있겠지. 모든 것을 말해주겠네. 하지만 내 조직과 아이들은 건드리지 않는다는 약속을 해줬으면 좋겠네."

"그러죠, 당신의 자녀들은 안전하게 살 수 있을 것입니다."

"하아, 100년 가문의 영화가 이리 쉽게 끝나기도 하는군."

그는 자신이 알고 있는 내용을 차분하게 들려주었다.

그리고 잠시 피곤하다며 물 한 잔 마시겠다고 하면서 탁자로 가서 컵에 물을 따라 마셨다.

그리고 조금 어색한 포즈로 컵을 내려놓더니, 갑자기 돌아섰다.

"인비저빌리티."

"엇!"

나는 그가 이야기를 하면서도 눈동자를 움직이는 것을 보았다.

그것이 그가 딴마음이 있는 것을 알아차리게 했다.

그리고 그의 손에 권총이 든 것을 쉽게 눈치챘다.

역시나 마지막까지 교활한 자였다.

사실 목숨이 걸린 일에 정정당당하라는 것은 말도 안 된다.

"에어붐."

퍽 하고 그가 들고 있던 총이 산산조각 나면서 허공으로 튀어 올랐다.

동시에 그의 손가락 몇 개도 압력에 의해 잘려 나갔다.

"이게……."

사카모토 코스케는 입을 벌린 채로 망연하게 있었다.

손에서는 피가 흘러내렸지만 아픔도 느끼지 못한 듯했다.

내 모습이 시야에서 갑자기 사라져 당황한 순간 자신의 총과 손가락 두 개가 날아가 버린 것이다.

"약속은 지켜질 것입니다. 당신이 비록 반항을 했지만 그것은 약속에 포함된 것이 아니었으니까요."

인저빌리티를 푼 나는 그의 앞으로 다가갔다. 그가 고개를 끄덕였다.

"마지막 부탁이 있네."

"하십시오."

나는 그에게 유감이 없었다. 단순히 그가 적이기 때문에 죽이려는 것이었다.

"나는 무사네. 명예롭게 죽게 해주게."

"……?"

"할복을 하겠네."

"할복?"

"그러네."

그는 말없이 나를 바라보았다.

그의 눈은 더 이상 흔들리지 않았다.

거짓말이 아니었다.

무사의 눈이다.

"좋습니다, 기회를 드리겠습니다."

"고맙네."

그는 그제야 손가락이 잘린 통증을 느꼈는지 이마를 찡그렸다.

그는 하얀 천을 깔고 날이 시퍼렇게 번득이는 소도를 하나 가져와 무릎을 꿇고 경건하게 앉았다.

"잘 있게. 죽으려고 하니 그동안 내가 했던 못된 짓도 생각나고 아이들도 생각나는군. 인생은… 그런 것이지. 합!"

그는 기합을 지르고 칼을 들어 자신의 배를 찔렀다.

붉은 피가 하얀 천에 흘러내렸다.

이를 악물고 그가 다시 횡으로 소도를 비틀자 이번에는 그의 입에서 붉은 핏물이 흘러나왔다.

쿵.

깡패였던 자신이 무사로 죽을 수 있게 되어서인지 그는 입가에 미소를 띠고 쓰러졌다.

그리고 잠시 후 눈을 감았다.

나는 그와 약속한 대로 아무 짓도 하지 않고 그의 집을 빠져나왔다.

깡패지만 무사로 죽기를 원했던 사람에 대한 예의였다.

한국과 일본을 연결해 주는 사사키라는 한 사람을 더 죽였을 뿐이었다.

사카모토 코스케의 집을 나와 거리를 무작정 걸었다.

일을 무사히 마치고 원하는 정보를 얻었어도 마음은 무거웠다.

그렇지만 여기서 멈출 수는 없었다.

유진이를 납치한 세력은 안타깝게도 국내 세력이었다.

국내의 유서 깊은 부자 중 하나인 여진산이 납치를 주도했다는 것이었다.

그는 동방금융의 주인이며 여진연의 아버지이며 미래그

룹의 오너인 이병천의 장인이었다.

이렇게 얽히는 것을 보니 이병천과는 어떻게 해도 악연으로 엮이는 운명인가 보다.

스마트폰을 꺼내 동방금융에 대한 자료를 찾았다.

정보분석팀이 한국의 대표적인 부자들에 대한 조사를 이미 해두었던 것이다.

미래에 적이 될지도 몰랐기에 불특정 다수에 대하여 막대한 돈을 들여 데이터를 구축했었다.

아직까지는 대략적인 정보밖에 모으지 못했지만 대중에 알려지지 않은 많은 정보도 포함되어 있었다.

여진산은 여청립의 아들로 형제들을 따돌리고 후계자가 되었다.

그 와중에 형제 중 두 명은 이유를 알 수 없는 사고와 병으로 죽었다.

목적을 위해서는 수단과 방법을 가리지 않는 자로 딸이 평범한 남자를 사귀자 강제로 헤어지게 하고 지금의 사위인 이병천에게 시집을 보낸 것이다.

여진연은 이진산의 금지옥엽이지만 아버지의 광포함은 닮지 않아 조용하고 차분한 성격이다.

아마도 그것은 그녀의 어머니인 이창선 여사의 영향을 받은 듯했다.

어쨌든 나는 이렇게 재미있게 흘러가는 운명의 끈을 보며 조금 흥미가 생겼다.

동방금융과 이병천의 관계를 더욱 자세히 알아야 했기에 다음으로 미루어두고 요즘 복수의 칼날을 갈고 있다는 함흥 고씨 일가를 다시 찾았다.

마음이 부담스러워 처리를 확실히 하지 않았더니 이상한 소문이 들려오고 있었다.

다시 흩어진 세력을 모으는 거야 세력을 가졌던 가문으로서는 당연한 일이다.

그러나 죽어서 내 아공간에 얌전하게 있는 자들에 대해서 조사를 시작했다는 내용이었다.

흔적도 없이 사라진 가문의 어른들이 살해당해서 암매장되었을 것이라는 추측을 하며 경찰에 수사를 요청하고 있다는 것이었다.

경찰 일각에서도 의혹을 제기했지만 증거가 없었다.

CCTV와 주변의 목격자를 아무리 찾아도 흔적이 남아 있지 않았다.

그러니 수사는 시작도 못하고 유야무야되는 것이었다.

다시 찾은 함흥 고씨 일가의 저택은 이전과는 달리 한적했다.

갑자기 가문의 어른이 없어진 영향이 생각보다 심각했던

것이다.

나는 네 명의 사람을 처치했는데 그중 하나는 고무영이라고 고씨 가문의 최고결정권자였다.

나머지 세 명도 그에 못지않은 실력을 가진 사람들이었고.

나는 살인에 대한 거부감이 많아서 가능한 최소한의 사람들만 처리했는데 집안을 일으킬 생각을 하는 것이 아니라 복수를 다짐한다는 말을 듣고서는 생각을 달리 했다.

후한을 남겨두면 또 언제 어떻게 될지 모르는 일이었다.

나는 도란도란 소리가 들려오는 곳에 마법을 발현하여 침입하였다.

그러나 곧 이야기를 하던 한 사람이 발견하고 소리를 질렀다.

"어, 문이 왜 열렸지?"

나는 약간 당황했다.

문을 조용히 닫으려고 하는 찰나 테이블에서 회의를 하고 있던 남자의 눈에 보인 것이다.

나는 살며시 옆으로 물러났다. 남자가 내가 있는 곳으로 오자 나는 스파이웹 마법을 펼쳐 천장에 달라붙었다.

남자는 고개를 밖으로 내밀며 주위를 확인했으나 아무도 없자 조용히 문을 닫았다.

"그래서 어떻게 하겠다는 거요?"

"범인은 김이열 그놈일 확률이 높소."

"그는 이제 일선에서 물러난 자요. 한국에 있지도 않은 자에게 증거도 없이 복수를 하겠다고? 이 중요한 시간에 그렇게 하겠다는 거요? 우리는 이미 적들에게 둘러싸여 있소."

"도대체 왜 그가 범인이오?"

"간단하오. 그에 대한 조사를 하고 있었는데 가문의 어른들이 사라졌소. 이게 무슨 이야기인지 알겠소?"

"커험, 그렇다 하더라도 지금은 때가 아니오."

소장파 중에서 그래도 머리가 돌아가는 놈들이 있었다.

하지만 증거가 없었다.

정황증거도 약했다.

무엇보다도 가문의 네 어른이 저택에서 사라진 것은 어떻게 설명할 수 있는 이야기가 아니었다.

나는 이들을 살려주면 다시 복수를 하겠다고 설칠 것 같아 제거하기로 마음을 먹었다.

"아이스미사일."

얼음으로 만들어진 투명한 송곳이 빛살같이 날아가 복수를 주장하던 남자의 목에 꽂혔다.

"큭!"

비명을 흘리고 남자는 바닥으로 쿵, 하고 쓰러졌다.

"누구냐?"

"아이스미사일."

다시 투명한 얼음송곳이 날아가 소리를 쳤던 남자의 심장에 들어가 박힌다.

"으헉!"

심장이 피마저 얼어붙어 차갑게 식어가자 남자의 생명의 불꽃도 꺼졌다.

"아이스미사일."

날아가는 얼음송곳을 피해 남자가 옆으로 몸을 날렸다.

날아가던 아이스미사일이 방향을 틀려고 하다가 벽에 그대로 꽂혔다.

유도성을 가진 아이스미사일을 좁은 실내에서 사용하다 보니 의도하지 못한 일이 발생한 것이다.

남자 하나가 품에서 칼을 꺼내 사방으로 휘둘렀다.

하지만 천장에 붙어 마법을 발현하는 나를 찾을 수는 없었다.

"아이스스피어."

나는 수십 개의 아이스스피어를 남자를 향해 던졌다.

"컥."

남자는 무술의 고수로 보였지만, 무슨 무협지에 나오는

그런 힘을 가진 것은 아니었다.

수십 개의 아이스스피어를 피할 수 없어 결국 차가운 시체가 되었다.

나는 모두 죽인 후 이들을 아공간에 쓸어 담았다.

"완전범죄야말로 모든 범죄의 미학이긴 하지."

나는 비통한 마음으로 읊조렸다. 그리고 다시 마음속으로 중얼거렸다.

'미친, 사는 것 자체가 슬픈 일이기도 하지.'

악을 제거하기 위해서 또 다른 악을 행하는 이 미친 짓이 언제 끝날지 몰랐다.

눈물이 어느덧 뺨에서 흘러내렸다.

나는 울면서 살인을 계속했다.

울고 또 울었다.

핏빛 눈동자가 내 눈에 비쳤다 사라졌다를 반복했다.

'아, 나는 인간이기를 포기해야 하나?'

"헉!"

나는 나도 모르는 사이에 비명을 지르고는 잠에서 깨어
났다.

온몸이 흘린 땀으로 축축했다.

드래곤의 눈이 꿈속에 나타나지 않았음에도 잠자는 내내
나는 가위에 눌렸다.

다시 자리에 누워도 잠이 오지 않고, 정신은 점차 뚜렷해
지기에 일어나 창밖을 바라보았다.

어둠이 빌딩 사이로 스며들어 불빛이 깜박거리는 도시를

지배하고 있었다.

사람도 차도 지나가지 않는 적막한 시간에 나는 말없이 눈물을 흘렸다.

울고 싶어 우는 것이 아니었다.

나도 왜 우는지 몰랐다.

그냥 흘러내리는 눈물이었다.

욕실로 가 뜨거운 물에 몸을 담그고 앞의 거울을 보니 붉은 눈동자가 번뜩거리며 노려보고 있었다.

나는 이제까지 알지 못했다.

드래곤의 마나로 마법사가 된다는 의미를 말이다.

'나는 누구인가?'

물음을 던지면 낯선 눈동자가 나를 바라본다.

이토록 낯선 나는 예전의 나와 동일한 사람인가?

붉은 눈이 여전히 거울 안에서 깜박인다.

서늘하고 차가운 눈동자가 피곤한지 자꾸만 눈꺼풀이 무거워온다.

눈꺼풀은 무거워 오는데도 잠은 오지 않아 욕실에 그대로 있었다.

물이 차가워지면 다시 뜨거운 물로 몇 번이나 교환을 했다.

시간이 지나면서 나는 알 수 있었다.

왜 사람을 죽이거나 분노하면 감정이 메말라 가는지를.

역시 드래곤 하트 때문이었다.

자크 에반튼은 나와 달리 고위급 마법사였으며 드래곤 하트에 대한 의존도가 상당히 낮았다.

그가 살던 세계에는 마법의 물질인 마나가 풍부했기 때문이다.

하지만 이 지구에는 마나 자체가 존재하지 않았다.

그러니 마법을 이루는 마나의 구성체는 오직 드래곤 하트에서 나온 마나만으로 되어 있었다.

그것이 문제였다.

드래곤 하트의 마나만으로 마법을 사용하다 보니 시간이 지나면서 드래곤의 성품에 영향을 받기 시작한 것이다.

아주 적은 영향임에도 불구하고 인간이 감당하기에는 힘든 것이었다.

마나 수련을 해서 마나를 매일같이 정제해야 그나마 버틸 수 있었다.

마법은 전지전능한 것이 아니었다.

다른 세계의 힘을 사용하니 제재가 뒤따른 것이다.

나는 동방금융의 여진산에 대한 조사를 기다리면서 차분하게 마나를 수련했다.

이제는 마나를 수련할 때 드래곤 하트를 꺼내놓지 않는다.

꺼내 놓고 수련을 하면 효과는 좋지만 수련할수록 내 자신의 정체성이 옅어지는 것 같았기 때문이다.

수련을 마치고 소파에 앉아 TV를 시청하였다.

어제 발생했던 일본의 원자력 발전소 폭발 사고 보도가 오늘도 계속되고 있었다.

일본에 닥친 대규모 지진과 쓰나미로 인해 후쿠시마현에 있던 원자력발전소에서 방사능이 누출된 것이다.

일본 정부와 원자력발전소를 운영하던 도쿄전력의 안이한 판단으로 사고를 키웠다.

"일본이라?"

나는 TV를 껐다.

더 듣고 있으면 일본에 대한 감정이 극도로 나빠질 것 같았다.

내가 만난 일본 사람들은 정말 착하고 예의 바른데 집단만 이루면 이상한 말들을 하는 것이 웃겼다.

일본은 원전 사고로 정신이 없었을 때조차도 독도는 자신들의 땅이라고 주장해서 빈축을 샀다.

*　　　*　　　*

며칠을 이렇게 시간을 죽이며, 때로는 마나 수련을 하며 지냈다.

그리고 마침내 기다리던 자료가 넘어왔다.

나는 자료를 보고서 씁쓸해졌다.

내 원수이기도 한 이병천은 동방금융과 아주 밀접한 연관을 맺고 있었다.

여진산은 자신의 사위로 야심이 있는 그를 선택하였고, 그도 여진산의 돈과 배경이 필요해서 사랑하지도 않는 여진연과 결혼을 한 것이었다.

이렇게 동방금융의 여진산과 죽이 맞았으니 재계 서열 32위였던 미래 그룹이 20위로 올라갈 수 있었던 것이다.

'그래, 차라리 잘되었다. 이렇게 되었으니 원한을 갚는 것에 찝찝함이 없어지겠군.'

나는 자료를 정리하며 어떻게 동방금융을 해체할까 생각했다.

동방금융은 말이 금융이지 엄청난 돈을 가진 회사다.

비상장 회사로 주로 사채업에 손을 대고 있으며 각종 이권 사업에 개입하고 있었다.

동방금융의 주 수입원 중의 하나가 바로 땅 투기였다.

땅 장사는 의외로 돈이 많이 벌린다.

특히 개발 정보를 미리 빼낼 수만 있으면 앉은자리에서 돈벼락을 맞는다는 것이 바로 땅이었다.

동방금융이 그러했다.

신도시 건설 정보를 담당 공무원에게 빼내 미리 땅을 사서 쉽게 돈을 벌곤 했다.

투자 대비 수익률로 따지면 엄청난 장사를 하는 것이다.

사업은 현금이 많은 놈이 장땡이다.

돈이 있으면 남들보다 훨씬 싸게 구입할 수 있다.

종이, 석유 등등 모든 분야에서 현금으로 물건 값을 지불하면 시세보다 싸게 구입이 가능하다.

심한 것은 반값 이하로도 가능하다.

사실 1997년에 일어난 IMF구제금융은 유동성의 부족이었지 한국 경제에 문제가 있었던 것은 아니었다.

경기가 좋다 보니 돈을 비축해 놓지 않고 자꾸만 투자를 한 것이 문제였다.

그 당시 금리가 30% 가까이 되었으니 어지간한 기업들은 다 날아갔고 지금 남아 있는 기업들은 굉장히 튼튼한 현금 구조를 가지고 있다.

동방금융은 IMF 때 대박을 맞이했다.

돈을 다루는 기업이다 보니 헐값에 나온 땅과 회사를 날름 먹어버린 것이다.

그리고 지금은 미래 그룹과 연대하여 규모를 더 확장해 가고 있었다.

나는 다시 어둠에 숨어 담을 넘으면서 생각했다.

도대체 내가 제거해야 할 적들은 얼마나 많은가, 하고 말이다.

여진산의 저택은 굉장히 견고했고 각종 전자장비로 도배를 하다시피 해서 여타의 다른 집들과는 달랐다.

단순하게 CCTV만 설치된 것이 아니라 도처에 적외선 경보 장치가 되어 있어 침투하는 데 시간이 걸렸다.

"휴~"

간신히 도착한 건물 안은 그야말로 호화찬란 그 자체였다.

해외의 유명 작가의 그림과 조각상들을 보면 저절로 감탄이 나올 정도였다.

램브란트의 작품은 물론 피카소의 그림도 있었다.

밤인데도 층층마다 경호원들이 지키고 있었다.

나도 돈이 좀 있지만 이 저택에 비하면 내 집은 초가집처럼 초라해 보였다.

'후아, 취미는 이렇게 고상한데 인간은 쓰레기니……'

나는 아주 조심스럽게 조사했다. 그리고 의외로 사람들이 적게 있음을 알았다.

'혹시 함정?'

갑자기 뒷머리가 서늘해지며 등줄기에서 식은땀이 흘러

내렸다.

나는 재빨리 스파이웹 마법으로 천창으로 뛰어올라 붙었다.

한 번 의심을 하자 이상한 것들이 눈에 보이기 시작했다.

일단 이곳이 가정집이고 여진산이 기거하는 곳이라면 있어야 할 사람의 온기, 즉 사람이 사는 흔적들이 남아야 하는데 너무나 깨끗했다.

마치 미술관에 온 느낌이었다.

'혹시 다른 세력들이 몰락한 것을 알고 미리 준비를 한 것인가?'

생각할수록 이상한 점이 많았다.

가정집에 무슨 자외선 경보 장치가 필요하겠는가?

'함정이군.'

나는 서둘러 그의 저택을 빠져나왔다.

그렇다면 이 쥐새끼 같은 놈을 어디서 찾는단 말인가?

원래 돈을 가지고 노는 놈들이 조심성이 많다고 하더니 여진산도 그런 것 같았다.

여우는 굴을 파도 도망갈 곳을 여러 곳을 만들어 놓는다더니 여진산이 그 꼴이었다.

'쉽지 않겠어.'

이곳이 함정이라면 무엇을 노린 것이지?

물론 나를 잡으려고 한 것이겠지만 의아했다.

나는 한 번도 흔적을 남긴 적이 없었는데 말이다.

오늘은 그냥 돌아가기로 하고, 집에서 잠을 잤다.

날이 밝아와 가볍게 운동을 하며 저녁을 기다렸다.

여진산을 찾기 힘들다면 쉬운 놈부터 처리하면 된다.

바로 이병천 말이다.

나는 이병천을 처리하기 전에 그 여자, 김미영이 갑자기 보고 싶어졌다.

그녀는 어떻게 지내고 있을까, 민우는 얼마나 컸을까 하는 생각이 머리를 떠나지 않았다.

대부분의 투자금을 돌려주었지만 내 주변 사람들의 위탁금은 아직 돌려주지 않고 있었다.

사실 전지나 지배인의 돈은 소연이가 대학갈 때까지 맡아줄 생각이었다.

역시 민우를 위해 내게 맡긴 그녀의 돈도 그렇게 할 생각이었다.

내가 아무리 신경을 안 써도 은행 이자보다는 수익률이 높을 터이니 말이다.

그녀가 운영하는 제과점을 보니 반가움이 반, 서러움 반이다.

전생에 내 아내로 20년을 살았던 여자가 이제는 혼자 아이를 키우는 모습을 보니 원망도 섭섭함도 없어졌다.

무엇보다 민우에 대한 내 사랑이 너무 진해 그녀를 미워할 수가 없었다.

나는 정말 궁금했다.

민우가 예전처럼 반듯하고 사랑스러운 아이로 자랐을지 말이다.

아버지를 살리려고 죽은 아들, 그것도 아들을 저주하고 집에서 쫓아낸 아버지를 위해 죽으면서도 사랑한다고 고백했던 나의 아들.

그 아이는 이제 나와 아무 사이도 아니지만 내게 준 그 사랑의 깊이가 너무 커서 지워도 지워지지 않는다.

아이에 대한 그리움과 미안함은 심장이 멈추기 전에는 없어지지 않을 것 같은데, 나는 아이의 앞에 나설 수 없는 남이 되었다.

그녀의 가게는 여전히 사람이 많았다.

상냥하고 친절한 여주인이 하는 가게는, 그것도 아름다운 여자가 하는 가게는 잘될 수밖에 없을 것이다.

그녀는 몸에서 명품 옷을 치우면서 오만함도 버렸으니 손님들이 좋아할 수밖에 없을 것이다.

"어머, 오셨어요."

깜짝 놀라며 밝게 웃는 김미영의 얼굴은 밝았다.

"잘 지내셨어요?"

"네, 물론이에요. 그런데……."

"미국에 가 있어요. 잠시 들렀어요. 일이 있어서."

"아, 그렇군요. 미국에서 계속 있으실 건가요?"

"아뇨, 잠시 가 있는 거예요."

"아, 네. 자리가… 없네요."

"그렇군요."

주위를 둘러봐도 빈자리는 없었다.

아마도 몇 년 전부터 커피를 같이 팔면서부터 부쩍 손님이 는 듯했다.

스타벅스나 까페모네와 같이 잘 알려진 브랜드는 아니지만 꽤 맛있는 커피 전문점을 제과점 안에 유치하면서 수익이 늘어나 경제적인 어려움에서 다소 벗어난 듯 보였다.

"그럼 제 방에라도 가시겠어요? 모처럼 오셨는데 그냥 가시게 할 수도 없고."

"그럼 커피 한 잔 주세요."

"물론이에요."

그녀가 직원들에게 가서 뭐라 지시를 내리고 작은 방으로 안내했다.

내가 운영하는 커피숍의 서재만 한 크기였는데 아이 장난감이나 책이 많았다.

"엉망이죠?"

"제 커피숍의 방과 크기가 비슷하군요."

"어머, 그래요?"

그녀는 장난감을 한쪽에 치우고 빈자리에 의자를 가져다 놓았다.

나는 그 의자에 앉으며 편안해 보이는 여자의 얼굴을 바라보았다.

"말씀을 안 드리고 미국에 가서 마음에 걸렸습니다. 대부분의 투자자의 돈은 모두 돌려드리고 몇몇 분만 아직까지 제가 가지고 있습니다. 아, 잠시만요."

나는 스마트폰으로 증권계좌에 접속해 그녀의 수익률을 이야기해 주었다.

"원금이 적어서 많아지지는 않았지만 지금 1억이 조금 넘네요."

"그렇게나 많아요?"

"아, 네. 제가 요즘은 적극적으로 주식을 하지 않기에 이제는 이전처럼 큰 수익률이 나올 수는 없습니다. 하지만 종자돈이 조금 커졌으니 갈수록 돈은 늘어날 것입니다."

"아, 정말 고맙습니다."

고개까지 숙이며 마음에서부터 감사를 하는 그녀의 모습에 마음이 따뜻해졌다.

이 돈은 내 아들이었던 민우를 위해 쓰일 돈이니 내가 왜 소중하게 생각하지 않겠는가.

직원이 커피를 가져와 마시면서 이런저런 이야기를 나눴다.

혹시나 민우를 볼 수 있을까 했더니 할머니가 돌봐주신다고 집에 있다는 말에 아쉬운 마음이 들었다.

그녀의 아버지는 내가 운영하는 회사 중 하나에 취직시켜 주었다.

그래도 꽤 이름 있는 제약회사의 사장으로 있던 그녀의 아버지는 회사를 잃어버린 충격으로 예전처럼 활발한 일을 하지 못하게 되었다.

결국 비교적 일이 적은 회사의 이사로 취직했다.

나는 은근한 말로 아이의 아빠에 대해 물었다.

이병천에 대해 묻자 그녀의 안색이 나빠졌다.

"그 사람, 이제 신경도 안 써요. 한바탕 드잡이하고 집안이 저 때문에 망하게 된 후로는 없던 정도 다 사라졌어요. 자녀 양육권을 포기해 준 것이 고마울 따름이죠."

나는 그녀의 얼굴을 보며 아직도 그녀가 그에게 미련이 남아 있음을 알았다.

왜 아니겠는가, 아이의 아버지인데.

아이가 살아 있으면 끈은 끊어지지 않는다.

그것이 애정이 아니어도 아이의 아버지이니 마음에서 완전히 지울 수는 없을 것이다.

인생이란 생각처럼 그렇게 척척 되는 것이 아니니.

나는 그녀와 작별하고 제과점을 나왔다.

그리고 외할머니의 손을 잡고 오는 민우를 보았다.

괜히 눈시울이 뜨거워지는 것이 눈물이 날 것 같았다.

"할머니, 이제 다 왔어요. 다리 안 아파요?"

"호호, 이 할미는 괜찮다."

나는 물끄러미 민우가 제과점 안으로 사라지는 것을 망연하게 바라보았다.

어디선가 라일락 향기가 나는 것 같아 주위를 둘러보았지만, 그 어디에서도 라일락꽃을 볼 수는 없었다.

어둠이 짙어오면 나는 뱀파이어처럼 도시의 그늘에 숨어 나의 적에게 다가간다.

욕망과 탐욕이 가득한 도시는 가난한 사람들의 한숨으로 그 덩치를 키우고 삶에 겨워하는 노인들의 거친 숨소리에 하루가 저문다.

도시의 밤은 낮보다 더 화려하게 빛나지만 행복한 사람들의 모습은 어디에도 보이지 않았다.

원래는 이병천부터 처리를 하려다가 낮에 민우를 봐서 도저히 그럴 수 없었다.

인간인 이상 이런저런 감정에 휘둘리다 보니 생각과 달리 행동이 굼뜨게 된다.

사회를 변화시키려는 열망은 있지만 강하지는 않았다.

그러나 나의 목숨까지 노리는 놈들이 생기면서 나는 모든 것이 귀찮아졌다.

동시에 성정이 잔혹해지기 시작했다.

이제 겨우 일곱 살 된 어린아이를 납치하려던 놈들이었다.

내 목숨보다 더 소중한 딸을 납치하려고 한 여진산을 그대로 둘 수 없었다.

그가 어디에 있는지 알게 되자마자 나는 그를 제거하기로 결심했다.

뭐 어려운 일이 있나?

어차피 다시 산 목숨이다.

신의 축복이라 생각하고 자제하고 근신하며 살았음에도 불구하고 이렇게 나오는 자를 그냥 둘 수 없었다.

*   *   *

담을 넘고 무수한 경호원을 피해 마침내 그의 방에 도착했다.

천장에 붙어 침대를 보았다.

싸늘한 기운이 방 안에 가득했다.

'뭐지? 또 함정?'

나는 다시 주위를 둘러보았다.

여우보다 교활한 여진산을 상대하는 것은 정말 힘든 일이었다.

하지만 아무리 그가 조심을 해도 흔적은 남을 것이다.

조심스럽게 방을 나가 홀을 지나가는데 철커덕, 하는 소리와 함께 사면에서 창살이 튀어나오며 갇히게 되었다.

순간적으로 일어난 일이라 당황해서인지 피할 수 없었다.

"뭐야, 아무것도 없잖아. 왜 작동되었지?"

십여 명의 경호원이 나타났지만 인저빌리티로 몸을 감춘 상태라 나를 알아차리는 사람은 없었다.

"야, 경비 시스템 다시 확인해 봐. 센서가 오작동한 것 같은데 말이야."

"네, 조장님."

이십 대 초반으로 보이는 남자가 나이 든 남자에게 허리를 숙이며 대답했다.

"아니다, 멈춰라. 기계가 잘못 작동할 이유는 없다. 열화상 안경을 끼도록."

"네, 실장님."

새롭게 나타난 남자에 의해 나는 곤란한 처지가 되었다.

물론 프레벨을 착용했기에 내가 당할 것이라고는 생각하지 않았지만 이제 이들을 모두 죽여야 한다는 점이 당혹스러웠다.

"엇, 뭔가 있습니다!"

"사람이다!"

"모두 총을 뽑아라!"

남자 몇 명이 열화상 안경으로 나를 본 모양이다.

상대는 권총으로 무장했다.

그중에 세 명은 테이저건을 가지고 있었다.

"쏴라!"

핑―

탕!

"쉴드."

"헛!"

"안 통한다!"

권총이 두 번째로 발사되었지만 쉴드에 막혀 떨어졌다.

하지만 인저빌리티가 깨져 나의 모습이 들어났다.

나는 강철로 만들어진 거대한 쇠창살들을 움켜잡고 힘을 주었다.

마나가 팔뚝을 통과한 후에 손으로 내려왔다. 그리고 창살이 엿가락처럼 휘어졌다.

"앗, 저, 저럴 수가!"

"말도 안 돼!"

"공격해라!"

탕!

이번의 소리는 이전과는 달랐다.

나이 든 남자가 쏜 총알이 그대로 몸에 부딪히면서 튕겨 나갔다.

직접 총알이 몸에 부딪히기는 처음이었지만, 전능의 프레벨을 입었기에 무사할 수 있었다.

"헉, 저건 뭐냐?"

사람들이 모두 나를 바라보았다.

총을 쏜 사람이 눈을 크게 뜨고 경악했다.

자세히 보니 사진으로 보았던 여진산이었다.

그가 왜 직접 나섰는지는 모르겠지만 나는 그를 놓칠 수 없었다.

"파이어볼."

나는 파이어볼을 만들어서 여진산을 향해 던졌다.

"헉, 피하십시오, 회장님!"

"으악!"

날아가는 파이어볼을 대신 맞고 여진산을 구한 남자가 비명을 지르며 순식간에 불에 타버렸다.

"어떻게 이럴 수가!"

모두 경악하면서도 경호원들은 권총을 꺼내 사격했다.

"쉴드."

다시 투명한 막이 앞에 펼쳐지고 적들의 공격을 막았다.

사격이 계속되자 쉴드가 깨지며 총알이 날아왔다.

하지만 전능의 프레벨을 뚫지는 못했다.

살이 타는 냄새가 가득한 공간에서 나는 여진산을 향해 다시 파이어볼을 날렸다.

"크억!"

이번에도 여진산은 파이어볼을 피해 냈고, 다른 경호원이 파이어볼을 맞았다.

발목에 파이어볼을 맞은 남자의 눈빛이 당혹을 넘어 절망으로 변하는 것은 순식간이었다.

불꽃은 순식간에 그를 태우고 재만 남겼다.

"이런, 나도 참."

나는 실수를 인정하고 그에게 홀드펄슨을 펼쳤다.

"헉, 이, 이럴 수가 움직이지가 않아!"

"파이어볼."

나는 파이어볼을 천천히 그에게 던졌다.

점점 다가오는 파이어볼을 보면서도 마법에 의해 묶인 그는 움직이지 못하였다.

그리고 잠시 후에 비명을 지르며 불에 타 죽고 말았다.

탕!

탕!

권총을 가진 자가 총을 쏘았다.

그러나 마도시대의 최고의 방어구이자 드래곤을 사냥하기 위해 만든 병기인 프레벨을 뚫지 못했다.

나는 먼저 총을 쏜 사람에게 윈드커터를 날렸다.

허리가 잘려 나간 남자의 몸에서 피가 쏟아져 바닥을 흥건하게 적시기 시작했다.

나는 남아 있는 자들을 모두 죽였다.

몇 분 후에 총소리에 놀라 몰려드는 경호원을 뒤로하고 나는 마법의 불로 집에 화재를 일으켰다.

파이어볼은 마법사의 의지에 의해 목표 대상을 불태우는 것으로 사라지지만, 평범한 파이어를 인화성이 큰 소파와 이불과 같은 곳에 일으켰다.

불이 나자 순식간에 스프링클러가 작동되면서 불이 꺼졌다.

곤란했다.

이렇게 되면 이곳으로 오는 사람 모두를 죽여야 할 상황이 되어버린 것이다.

나의 흔적이 남아 있었다.

"할 수 없군."

나는 마나를 모아 파이어볼을 펼쳤다.

집이 거대한 불덩어리에 맞아 펑, 하고 터져 버리고 폭삭 무너져 내렸다.

정말 비싼 집인데 불에 타오르는 모습을 보니 여타의 집들과 다를 바가 없었다.

나는 많은 마나가 빠져나갔음에도 불구하고 끄떡없었다.

5서클의 마법사이고 프레벨을 착용한 덕에 이 정도의 마나 소모는 새 발의 피였다.

한숨을 내쉬며 나는 저택을 벗어났다.

불이 자택을 살라먹은 한참 후에 소방차가 달려왔다.

순식간에 소방차에서 물줄기를 쏟아냈지만 불은 쉽게 꺼지지 않았다.

마법의 불꽃이 만들어낸 불이 광범위하게 집 안에 남아 있기 때문이었다.

나는 그 모습을 잠시 지켜보다가 돌아왔다.

이번의 일은 나답지 않았다.

나는 늘 조용한 일처리를 해왔다.

하지만 발각이 되고, 그들이 총까지 쏘자 조용히 해결할 수 없을 것이라는 걸 알았다.

나는 마법의 힘과 프레벨의 위력을 다시 확인했다.

나노 직조 방식으로 만들어진 나의 마나서클은 수십 배나 강력한 마법이 가능하게 만들어 주었다.

또한 총알까지 막아내는 견고한 방어구에 나 자신도 놀랐다.

영등포의 날치파에게 당한 후로 나는 항상 프레벨을 착용하고 침입을 시도했었다.

3서클에 오른 후부터 마나가 부족하지 않았으니 당연한 일이었다.

집으로 돌아와서 TV를 봤다.

동방금융이 사회에 미치는 영향이 지대했는지, 아니면 원인 모를 화재로 인해 한순간에 거대한 저택이 불에 사라진 것이 놀라워서인지 정규 방송이 중단된 상태에서 뉴스가 방송되고 있었다.

나는 서재로 돌아와 마나를 돌려 마음을 안정시켰다.

마나가 심장을 빠져나와 온몸을 돌고 다시 심장으로 돌아갔다.

몸이 순식간에 개운해지는 것이 느껴졌다.

마나가 심장을 빠르게 돌며 회전했다.

마나가 푸르고 붉게 변하며 다섯 겹의 마나를 견고하게

감싸며 움직였다.

'이제 이곳을 떠나자. 굳이 살인을 하면서까지 이곳에 남아 있을 이유가 무엇인가. 이제 지겹구나. 나는 무엇을 위해 이렇게 열심히 살아왔던가. 내가 자선사업가도 아닌데 말이다.'

이미 한국에 있는 재산은 모두 동원&현 재단에 기부했다.

동원산업의 주식도, 내가 산 한국의 그 많은 주식도 모두 포함해서 말이다.

그런데도 아직 미련을 가지고 있었다.

나이 드신 부모님과 딸들이 혹시 다시 이 한국 땅에 들어오지 않을까 생각하면서 말이다.

나는 여기서 이렇게 서 있다, 사람을 죽이며.

비록 그들이 죽어 마땅한 자라 하더라도.

지금의 나는 내가 원했던 소박한 삶과는 너무나 멀리 떨어졌다.

그러나 미국으로 도망가더라도 쓰레기들은 정리를 하고 가야 할 것 같았다.

"빨리 하자. 인정사정 보지 않고 다 치우자."

나는 침대에 누워 딸들의 얼굴을 생각했다.

마음이 따뜻해진다.

유진이의 침착하고도 밝은 얼굴, 현진이의 귀엽고 엉뚱한 얼굴이 마치 영화처럼 스쳐 지나간다.

의자에 앉아 정원을 바라보았다.

얼마 전까지 엘리스가 뛰어다니던 정원에는 쓸쓸한 바람만 남았다.

나는 바람에 흔들리는 나뭇잎을 보며 생각의 퍼즐을 맞추어 보았다.

처음부터 끝까지, 천천히.

어느 날, 이병천이 찾아왔다.

그는 나에게 아들을 달라고 요구했다.

거절하자 그는 나의 사업체를 망가뜨렸다.

아들이 죽자 그는 아들의 무덤에 찾아오지 않았다.

내 사업체를 망가뜨리고, 가정을 파괴하면서까지 데려가려고 했던 아들이 죽었는데도 그는 단 한 번도 찾지 않았다.

그리고 다시 과거를 거슬러 20년을 회귀했다.

그를 다시 만났다.

그는 단지 김미영과 만났다는 이유만으로 나에게 깡패를 보내 위해를 가하려고 했다.

그리고 마침내 자신의 애인인 김미영을 버리고 동방금융의 여진연과 결혼하고는 아들에 대한 양육권을 포기했다.

그러면 그가 정말 아버지일까?

피 한 방울 안 섞인 나도 이렇게 가슴이 아려오는데. 아비라고 하면서 그리 무정할 수 있다니.

나는 다시 생각의 퍼즐에 마침표를 찍어본다.

그가 존재해서 민우가 행복할까?

그러자 마음에 가득했던 고통과 번민이 순식간에 사라졌다.

시원하게 불어오는 바람을 맞으며 조금 걷다가 나는 이병천이 살고 있는 곳으로 택시를 타고 갔다.

부자들이 모여 사는 동네에서도 가장 크고 화려한 집이다.

그 집의 담을 조용히 넘었다.

거대한 저택 안에는 사람들이 별로 없었다.

나는 조심스럽게 집 안을 뒤지면서 그를 찾았다.

내 삶의 최대 원수인 이병천을 말이다.

그는 내가 원한을 품고 있는지조차 알지 못한다.

그는 남을 생각하거나 배려하는 사람이 아니다.

앞에 걸리적거리면 무조건 치우고 보는 성격이었다.

그러니 그에게 원한을 품고 있는 사람이 어디 나 하나겠는가.

그는 거실에서 술을 마시고 있었다.

광폭하고 안하무인인 그가 초라하고 쓸쓸한 모습으로 술을 마시고 있었다.

그 모습을 보며 그를 어떻게 할까, 하고 고민하는데 그의 부인 여진연이 나온다.

"이제 그만 드세요."

재색을 겸비한 것으로 알려진 여진연의 말에는 차갑고 날카로운 칼날이 담겨 있다.

왠지 들으면 서늘한 한기가 느껴지는 말이었다.

"후, 이게 뭔가?"

"당신이 원한 것 아니었어요?"

"…원했지."

그는 술을 한 잔 더 따라 마시며 일어섰다.

이병천이 침실로 가자 여진연이 따라 들어갔다.

술이 거나하게 취한 이병천이 침대에 눕자 여진연이 그런 그를 바라보았다.

"아직도 그녀가 그리운가요?"

"아니, 너야말로 그놈이 그리운 것이겠지. 나랑 매일 밤 뒹굴면서도 그놈 생각하는 거 알고 있어."

"생각이야 자유죠. 적어도 난 당신과 결혼한 후에는 부정한 짓은 하지 않았으니까요."

"그렇겠지. 고상한 당신이 흠 잡힐 일을 할 리가 없지."

"어차피 당신도 마찬가지잖아요."

말을 하면서 그녀는 이병천의 옷을 벗겼다.

차가운 표정의 얼굴도 여전했다.

나는 그들 부부를 보며 이게 무슨 코미디인가 싶었다.

여진연이 차갑게 말을 하면서도 남녀행위에는 적극적이었다.

시간이 조금 지나자 이병천이 나지막하게 신음을 터뜨렸다.

나는 그 모습을 보고 허탈했다. 무슨 부부관계가 이러나 싶었다.

사랑 없는 몸짓.

끈적이고 광적인, 그리고 어둡고 슬픈 정열에 서로의 몸을 맡기고 있는 부부의 모습이 어쩐지 맞지 않는 옷을 입고 있는 마네킹 같아 보였다.

보통 정이 없는 부부라도 이렇게 몸을 섞으면 없는 정이 생기게 마련인데 이들 부부는 너무나 냉랭했다.

여자가 잠들자 그는 알몸으로 다시 거실로 나와 아까 마시던 술을 마셨다.

"후후후, 사랑도 하지 않으면서 매일 해야 하는 네년도 참 기구하지."

그는 알아들을 수 없는 말을 하며 또 한 잔의 술을 마셨다.

나는 그에게 다가가 그의 목을 잡았다.

"헉!"

두려움에 떠는 그를 향해 나는 붉은 눈으로 노려보며 말했다.

"너를 죽이러 왔다."

"으, 으, 어 어……."

목이 잡혀 제대로 말을 못하는 그를 보며 나는 조금씩 힘을 주었다.

눈이 공포로 젖어들고 몸을 떨었다.

그는 이런 상황을 처음 당해 봤을 것이다.

재벌가의 아들로 태어나 모두의 위에 군림하고 지배했던 그였다.

"왜……?"

조금 목에 힘을 풀어주자 그가 왜 자기를 죽이냐고 물었다.

"그러는 너는 네 이복형 이남천을 왜 죽였지? 그리고 네 이복 누나는 불구자로 만들고 말이지."

"너, 너… 그놈이 보냈나?"

"후후, 네가 생각하는 네놈의 조카는 아니다. 그러니 이제 그만 가라."

나는 그의 목을 비틀어 부러뜨렸다.

그리고 자고 있는 여진연의 목숨도 취했다.

전생과 현세 모두 악연으로 물든 이병천을 죽이고 나자 마음 한군데가 왠지 꺼림칙했다.

하지만 일은 이미 벌어졌고 나는 또 사람을 죽이며 밤을 맞이하였다.

13장
인생의 줄목

뉴스에서는 여진산의 집에 화재가 난 것에 대해 대대적으로 보도하면서도 화재의 원인에 대한 경찰의 수사는 미궁으로 빠져들어 갔다.

그들은 불이 난 원인이나 그 안에서 사람들이 죽어간 이유에 대한 어떤 실마리도 찾지 못하였다.

그렇게 시간이 흘러가면서 상류층의 인물들이 행방불명된 것도 조금씩 언론에 보도되고 있었다.

나는 처리하지 않은 사람들이 아직 반이나 남아 있지만 사건이 언론에 드러났기에 그들을 처리하기가 만만치 않음을 알게 되었다.

여기서 계속해서 적들을 제거해 나가면 이제는 언론과도 싸워야 하는 상황이 되기에 행동을 멈췄다.

그동안 내게 적대감을 표출한 호전적인 인물들은 대부분 처리했기에 일단 사태의 추이를 보기로 했다.

사건이 확대되어도 크게 염려하지는 않았다.

항상 가면을 쓰고 행동했기에 경찰이 나를 용의선상에 놓을 가능성은 없었다.

영화 특수 분장에서나 쓰는 장비를 가지고 가면을 만들 었기 때문에 아주 정교하였다.

게다가 나는 대한민국 최고의 부자다.

8조에 이르는 돈을 기부해서 사회적으로 나의 이미지는 매우 좋아진 상태였다.

이래서 이미지가 중요한 것이다.

게다가 나는 미국에 있는 것으로 되어 있다.

*　　　*　　　*

신이 내게 허락해 준 인생의 축복에 이 정도면 조금이나 마 보답을 했다고 생각하면서 이제는 내 삶을 살아가고 싶 어졌다.

커피숍에 앉아 소설을 쓰며 아이들이 커가는 것을 보고 싶어졌다.

이제 내 실제 나이는 쉰아홉이 되었다.

미국으로 돌아가는 비행기에서 재산을 어떤 방식으로 사회에 돌려줄 것인가를 생각했다.

대부분의 돈은 미국의 나스닥에 투자를 해서 벌었다.

한국에서야 종자돈을 만드는 것 외에는 그다지 투자도 하지 않았다.

외환은행에 투자한 론스타가 세금도 내지 않고 투자금의 몇 배를 벌어가는 부도덕한 모습을 보면서 내 삶을 뒤돌아보게 되었다.

나 역시 HSBC 은행을 통해 절세를 해왔기 때문이다.

공항에 내려 집으로 돌아오자 정원에서 뛰어놀던 엘리스가 멍, 하고 짖고 유진이와 현진이가 나를 보고는 뛰어온다.

현진이가 뛰어오다 잔디밭에 넘어지자 '앙~' 하고 울었다.

"조심해야지."

유진이가 현진이를 안아서 일으켜 세우고 옷에 묻은 먼지를 털어준다.

그리고 다시 달려와 품에 안긴다.

녀석들의 볼을 비비며 내가 이렇게 살아 있음을 느꼈다.

"아빠!"

"아빠, 왜 이제 와?"

"바빴단다."

"바빴어?"

"응."

열흘간 떨어져 있었더니 그동안 보고 싶었는지 살갑게 대하는 아이들의 모습에 마음이 아려왔다.

유진이는 유괴되고 나서 약간 정신적 장애를 일으키고 있었지만 심한 것은 아니어서 그나마 다행이었다.

잠을 잘 때에도 제 엄마와 떨어지려고 하지 않는 등 정서 불안을 겪었다.

나는 딸들이 아무 걱정 없이 살 수 있는 세상, 학교에서 왕따가 없고 학생들의 자살이 없는 세상을 만드는 데 조금이라도 기여하고 싶었다.

하지만 현실의 벽은 너무나 크고 높았다.

기득권을 가진 자들이 살인하는 것을 너무나 쉽게 여기는 것에 충격을 받았다.

사회가 썩었어도 어느 정도의 선은 있을 것이라는 나의 생각은 여지없이 무너져 내렸다.

    잠시 후에 현주가 집 안에서 나와 나를 보자마자 웃으며
안겼다.

그리고 아버지 어머니도 나오셨다.

"잘 다녀왔습니다."

"그래, 수고했다."

"어서 와라, 유진이와 현진이가 너를 많이 찾았다."

    나는 부모님의 마중을 받으며 집 안으로 들어갔다.

    아들 하나 잘못 두시어 하던 사업도 접고 이국땅에서 노
후를 보내시는 부모님을 뵈니 마음이 착잡했다.

    손녀딸이 유괴를 당하고 나서는 미국으로 오는 것에 아
무 말 없이 따라주시는 것을 보며 내가 참 못났구나 하는
생각이 안 들 수 없었다.

    무엇이든 넘치는 것은 부족함만 못하다는 말이 있듯 나
는 돈을 너무 많이 벌었다.

    그게 그렇게 문제가 될 줄 전혀 예상하지 못한 것이다.

    힘있는 자들은 한결같이 자신이 당할 것이라고는 전혀
생각하지 못하는 듯했다.

    그러기에 정권 말이 되면 권력형 비리가 끊임없이 터져
나왔던 것이리라.

    나는 아이들과 잠시 놀아주고 부모님과 현주에게 내 솔
직한 마음을 털어놓았다.

너무 필요 이상의 재산이 족쇄가 되어 일상의 작은 행복을 잃어버렸다는 말에 현주가 반기며 자신도 그러하다고 했다.

가만히 내 이야기를 듣고 계시던 아버지가 입을 여셨다.

"그래 이제 어떻게 하겠냐?"

"제 소유의 재산은 모두 사회에 기증할까 합니다."

"그 많은 것을?"

"네, 솔직히 제가 부자가 되었어도 우리 식구들의 삶은 별로 바뀐 것이 없었습니다. 항상 경호원을 달고 다녀야 했기에 오히려 불편하기만 했죠. 그리고 아이들이 자라나는데 저번과 같은 일이 또 안 벌어진다고 볼 수도 없고요."

"네 말이 맞다. 네가 부자라는 사실이 드러나지 않았다면 몰라도. 일단 찬성이다. 그래도 모든 재산을 기부하는 것은 너무하는 것 아니냐?"

"아버지도 부자시고 이제 아내도 부자인데 뭐 어떻습니까? 그리고 미국 기업의 비상장 주식이 조금 있으니 제 앞가림은 할 것입니다."

"그렇다면 나도 찬성이다. 네가 우리나라 최고의 부자라는 것이 한동안은 자랑스러웠지만 유진이의 일을 겪고 나니 오만정이 다 떨어지더구나."

"애비야, 나도 찬성이다. 네 아버지도 먹고살 돈이 있고 애미도 돈이 없는 것이 아니니 뭐에 문제가 될 것이 있겠니?"

"여보, 나도 찬성이에요."

현주까지 찬성하자 나는 무거운 짐을 내려놓은 느낌이 들었다.

"그럼 어떻게 할 것이냐?"

"가지고 있는 주식을 모조리 팔면 시장에 영향을 끼칠 것이고 해서 그냥 주식으로 기부할까 합니다."

"그래 네가 알아서 해라."

"네, 아버지."

나는 부모님의 방을 나오면서 내 팔에 매달려 웃는 현주를 보았다.

말은 안 했지만 그녀도 부담이 되었는지 환하게 웃었다.

하긴 자신의 딸이 유괴를 당했고 그 여파로 정서적 장애를 가지게 되었는데 무엇이든 해야 하지 않겠는가.

게다가 현주도 사치하는 성격이 아니라 부자가 되어서 불편했던 모양이었다.

아이들이 잠들고 나서 나는 현주를 안으며 말했다.

"미안해, 이렇게 될 줄 몰랐어."

"아니에요, 당신 잘못 아니잖아요. 당신은 보다 많은 사람을 돕기 위해 돈을 벌었는데 사람들이 알아주지 않아서 그런 거죠."

"왜 법정스님이 무소유를 말했는지 이제야 알겠어. 작은 물질은 우리를 기쁘게 해주지만 너무 많은 재물은 근심을 주는 것 같아. 이제 우리 있는 것에 감사하며 소박하게 살자."

"그런데 그게 될까요?"

"왜?"

"사람들은 이미 당신을 부자라고 알고 있잖아요. 그런데 어느 날 모든 것을 사회에 환원했다면 언론이나 사람들이 믿을까요?"

"믿지 않아도 돼. 우리가 행복하게 살 수 있으면 되지."

"맞아요."

나는 말없이 아내를 안으며 침대에서 자고 있는 유진이를 바라보았다.

그나마 유진이가 이 정도로 그친 것은 감사할 일이었다.

세상이 험해져 돈을 위해 자식이 아버지를 죽이는 세상

이 되었지만 부모는 그럴 수 없다.

자식의 행복과 안전을 위해서라면 무엇이든 할 수 있으니 말이다.

잠들어 있는 딸의 들썩이는 배를 보며 이것이 내 삶의 가장 큰 행복이라고 여겼다.

딸이 잘 자라고 부모님이 건강하시니 무엇을 더 바라랴 싶었다.

나는 밤새도록 아내와 이야기를 나눴다.

아내와 함께한 삶이 내 행복의 근원임을 잊지 않았다.

배신으로 얼룩졌던 전생과는 비교할 수 없는 행복을 선사한 여자가 그녀다.

"이제 어떻게 해요?"

"일단 한국에는 동원&현 재단에 기부를 해야지. 믿을 만한 단체가 없잖아. 동원&현 재단을 통해 사회의 일그러진 모습을 치유하도록 해야지. 그 일은 굳이 내가 하지 않아도 돼. 더 훌륭한 분이 많으니까. 전문가들이 나서면 시간이 걸리더라도 사회가 정말 살기 좋게 변하게 되겠지. 그리고 내 삶을 그런 일에 소모하고 싶지 않아졌어. 난 100만 명의 행복보다 당신과 유진이, 현진이의 행복이 더 소중하거든. 그리고 처음부터 이 정도만 벌 생각을 했었어. 재단 사람들을 믿어보자고. 시스템적으로 부패할 수 없도록 만들어 놓

았지만 완전한 것은 아니니 잘못된 부분들이 나타나면 그
때마다 고치면서 나가면 되겠지. 이제 당신도 그림을 그리
고 나는 소설을 써야지."

"정말 그러고 싶어요."

어깨에 기대어오는 현주를 안고 이마에 가볍게 키스를
했다.

우리가 만난 지도 벌써 10년이 되었다.

큰아이는 이제 학교에 갈 나이가 되었고, 그만큼 아주 조
금씩 우리는 늙어가고 있었다.

그래서인지 삶이 주는 무게를 피해 아등바등하고 싶지는
않았다.

날이 저물고 내 인생의 가장 큰 축복 가운데 하나인 아내
의 손을 잡고 잠이 들었다.

*　　　*　　　*

아침이 되니 현진이가 우리 방에 와서 유진이와 떠들고
놀았다.

일어나라는 아이들의 무언의 압력에 나는 항복했다.

하품을 하면서 두 녀석을 안고 거실로 나왔다.

왕! 왕왈.

"엘리스 너도 잘 잤니?"

멍!

"그래, 좋은 아침이구나."

나는 부모님에게 아침 인사를 드리고 아침을 먹기 전까지 정원에서 아이들이 노는 것을 지켜보았다.

점심때가 되면서 비가 내렸다.

정원에서 보이는 해변에 물안개가 자욱하게 피어오르는 모습을 보며 나직하게 한숨을 내쉬었다.

'이제 일을 마무리해야지.'

나는 일단 빌&멜린다 게이츠 재단에 전화를 해서 추가로 기부할 의사를 밝혔다.

지난번에 약 2조를 기부했던 곳이다.

다른 NGO단체에도 기부를 하고 싶었지만 미국 사회에 도움이 되는 재단에 기부를 해야 의미가 있었다.

이 재단은 전 세계에 어린이들을 위한 프로그램도 있고 세계적으로 가장 투명한 재단 가운데 하나다.

적어도 내가 낸 기부금이 중간에서 술값으로 변할 확률은 없어 기부를 해도 찜찜한 마음이 들지 않는 곳이다.

나는 얼마를 기부할까 생각했다.

미국에서 번 돈이니 너무 적어서는 곤란했다.

워렌 버핏은 재단에 307억 달러에 달하는 주식을 기탁하기로 약속했다.

일단 주식을 정리할 필요가 있었다.

일부 주식은 대주주에 해당할 정도로 늘어난 곳도 있었기 때문이다.

경영에 관여하지 않기 위해 그런 것을 처분하고 나니 현금으로만 5조 정도가 나왔다.

나머지는 그냥 주식으로 나둬도 괜찮을 것이다.

재단에 현주와 같이 갔다. 사무엘 존슨이 현관에 나와 기다리고 있었다.

"반갑습니다, 이열 회장님."

"존슨 씨 반갑습니다."

"안녕하세요?"

"오, 어서 오세요. 미즈……?"

"내 아내 서현주입니다. 미즈 '김'으로 부르면 됩니다."

"아, 그렇군요. 부인이 무척이나 아름다우십니다."

사무엘 존슨의 칭찬에 현주가 조용하게 웃었다.

나는 그의 인도를 따라 안으로 들어갔다.

"변함이 없군요."

"아, 그때 기부해 주신 돈으로 아프리카의 많은 어린이의 질병을 치료할 수 있었습니다."

"다행이군요."

"빌이 조금 늦어질 것이라고 하더군요. 회사의 주주 모임이 있었던 모양입니다."

"그렇군요. 나야 사인만 하고 가면 되는 거죠, 굳이 만날 필요는 없습니다."

"그래도 빌이 꼭 한번 만나고 싶어 합니다. 그런데 요즘 회사가 복잡한 것 같더군요."

"아~"

MS사는 요즘 부진을 면치 못하고 있었다.

애플에 권좌를 내준 지는 이미 오래되었고 사업 전망도 밝지 못했다.

아직 윈도우가 대세이긴 하지만 시대의 흐름이 개인용 컴퓨터에서 스마트폰과 테블릿PC로 넘어가면서 MS의 영향력은 갈수록 줄어들고 있었다.

사무엘 존슨과 이야기를 하는 중에 빌 게이츠가 들어왔다.

반갑게 만나 인사를 하고 그의 이야기를 들었다.

그가 나를 만나기 위해 전용 비행기를 타고 왔다는 말에 감동했다.

부드럽게 생긴 전형적인 미국인인 빌 게이츠는 약간은 신경질적인 성격도 있는 것 같기는 했지만 전체적으로는 대단히 신사적이었다.

그와 가볍게 인사를 나누고 지난번에 해준 기부에 대해 거듭 고맙다는 인사를 하는 그를 보며 나는 웃었다.

"그런데 이번에도 기부를 해주신다고요?"

"네, 미국에서 벌었으니 당연히 일정 부분은 미국에 기부해야 한다고 생각합니다."

"아, 지난번에도 굉장한 금액을 하셨는데 이렇게나 일찍 다시 해주실 줄은 전혀 예상하지 못했습니다."

"하하, 이번이 마지막입니다."

"……?"

"아, 저는 한국에 있는 회사에서 은퇴를 했고, 미국의 주식도 모두 정리하고자 합니다."

"아니, 왜 갑자기."

"래리 페이지가 인터뷰에서 제 이야기를 한 다음부터 주변에서 귀찮게 하는 사람들이 많아졌지요. 저는 일상의 생활을 모두 잃어버리게 되어서 생활이 즐겁지 않게 되었습니다. 제 아내도 마찬가지고요. 그래서 전 재산을 기부하고 평범하게 살기로 했습니다."

"아, 그런 일이 있었군요. 한국 사회가 정이 많은 사회라고 하더니 그런 부분은 불편했나 보군요. 미국에서는 부자로 사는 것이 그다지 특별한 것이 아니지요. 물론 안전을

위해 경호원을 대동하고 다니긴 해도 사람들이 특별하게
보지는 않습니다."

나는 그의 말에 고개를 끄덕거렸다.

미국의 스타들이 거리를 다니면 가끔 사인 요청을 하는
사람이 있기는 하지만 한국처럼 광적인 열기는 없는 편이
다.

내가 47억 달러에 이르는 돈을 기부한다고 하자 그가 깜
짝 놀랐다.

물론 워렌 버핏은 더 많은 돈을 기부할 것을 약속했지만
이는 그의 사후이고 매년 기부하는 액수는 그의 재산에 비
하면 적은 액수라 할 수 있었다.

이렇게 일시불로 큰돈을 기부하는 사람은 내가 처음이었
다.

"아, 워렌 버핏도 만나고 싶어 했는데 김 회장님이 갑자
기 오셔서 시간을 내지 못했습니다. 언제 한번 시간이 되시
면 같이 만났으면 합니다."

나야 오마하의 현인을 만나는 것에 대환영이었다.

하지만 나는 그를 만나기가 쉽지 않다는 것을 알고 있다.

그는 전립선암에 걸렸고, 그가 장기 투자했던 코카콜라
주식은 액면 분할을 시도하고 있어 그의 심기를 불편하게
하고 있다.

코카콜라 주식 2억 주를 가지고 있는 그는 약 35억 달러에 이르는 돈을 코카콜라에 투자하고 있다.

액면 분할은 회사의 가치를 높이는 것이 아니라 브로커들의 살만 찌우는 일이라고 반대를 표명했지만 코카콜라의 무타 켄트 회장은 아랑곳하지 않고 액면 분할을 추진하고 있다.

또한 1기 전립선암이어서 생명에는 지장이 없으나 2달간 치료를 해야 한다.

82살의 나이를 감안하면 이제는 예전과 같은 활발한 활동은 하기 힘들 것으로 보였다.

"아참, 저와 토크쇼 하나 같이 나가지 않겠습니까? 데이비드 레터맨 쇼라고 하는데 이번에 한국의 여가수들이 출연한다고 하더군요."

"아, 그래요?"

데이비드 레터맨 쇼는 미국의 삼 대 토크쇼 중의 하나다.

나는 이곳에 나가는 것에 부정적이었지만 현주가 한국 가수가 출연한다는 말에 귀를 기울이는 모습에 나는 한숨을 내쉬었다.

현주는 분명 밤에 나가자고 조를 것이 틀림없었다.

현주의 반응을 보고 나는 빌 게이츠에게 생각해 보겠다

고 했다.

"아참, 그 토크쇼에 워렌 버핏도 나옵니다."

"아, 그렇습니까?"

워렌 버핏이 나온다는 말에 나는 약간 호기심이 동했다.

주식을 하는 사람이라면 모두 그를 한 번은 보고 싶어 하는 것은 어쩌면 당연한 것이다.

집으로 돌아와서 현주는 인터넷을 검색하더니 '어머나, 파란오렌지가 그 토크쇼에 나온다고 하네요' 한다.

나는 현주를 바라보았다.

이제는 파란오렌지를 부러워하는 그녀에게서 그녀의 어린 시절이 오버랩되었다.

그녀는 항상 밝고 명랑했다.

나란 사람을 왜 사랑할까 할 정도로 아름다웠고 인기도 많았다.

그녀를 처음 만났을 때 내 연봉은 그녀의 수입의 50분의 1 정도밖에 되지 않았다.

그럼에도 불구하고 나를 선택해 준 아내에 대한 깊은 감사의 마음이 항상 있다.

"나가고 싶어?"

"그럼요, 파란오렌지를 보고 싶기도 하고요."

"우리가 나간다고 파란오렌지를 볼 수 있는 것은 아니야."

"그래도 개네들이 출연한 프로그램에 출연한다는 것이 어디예요."

"흠, 당신도 인기가 많은 배우잖아."

"하지만 이제 서서히 팬들에게 잊혀가고 있는 배우이기도 하죠."

"미안하게 생각해."

"당신이 왜요. 당신은 선한 의도였을 뿐인데요. 그런데 당신이 모든 돈을 기부하고 나면 내가 다시 연기를 할 수 있을까요?"

"흠, 주연을 욕심내지만 않는다면 가능하지 않을까?"

"주연은 왜 안 돼요?"

"당신이 주연을 하면 사람들이 영화에 몰입이 잘 안 될 거야. 당신이 엄청난 부자라는 생각이 들 테니까."

"억울하네요. 엄청난 부자의 아내였는데 말이에요."

"그렇군."

나는 현주에게 미안해졌다.

그러나 어쩌겠는가.

나랑 결혼해서 이렇게 되었으니 말이다.

부부라는 것이 좋은 일도 같이 겪고 나쁜 일도 같이 하는 것 아닌가 생각하면서도 미안해지는 마음은 어쩔 수 없었다.

모든 재산을 포기하면 평범한 일상으로 돌아갈 수 있을까 하는 의심이 들기는 했지만 그 많은 돈을 국 끓여서 먹을 것도 아니고.

마음을 비우고 나니 평화가 찾아왔다.

차영표 씨가 한국컴패션의 홍보 필름을 찍으러 갔을 때 손을 내밀어준 소년을 보고 마음을 연 것처럼 우리는 그렇게 서로에게 손을 내밀면서 사는 것이다.

우리의 삶에는 정답이 없다.

서로의 상식과 양심에 비추어 옳다고 여겨지는 것을 선택하면 그뿐이다.

데이비드 레터맨 쇼에 나오는 파란오렌지를 보고 싶어하는 아내를 위해 여러 군데를 전화를 했지만 이미 촬영이 끝났다는 말을 들었다.

한국에서라면 쉽게 만날 수 있는 파란오렌지였지만 미국에서 현주는 그녀들을 만나고 싶어 했다.

그동안 말은 하지 않았지만 현주는 미국에 와서 외로움을 느낀 것 같았다.

"이미 촬영이 끝났다는데."

"어머, 그래요?"

"응, 아마도 언론에 보도된 것을 보고 빌 게이츠가 말한 것 같아."

"끝났으면 어쩔 수 없죠."

"외롭구나, 당신."

"조금. 여기는 다 모르는 사람이잖아요."

"그렇긴 하지. 하지만 모르는 사람을 만나 친해지는 것도 괜찮지 않아?"

"이제 우리 계속 여기서 살아야 해요?"

"그럴 리가 있나, 잠시 머물다 집으로 돌아가야지."

"아, 엄마, 아빠를 보고 싶어요."

"미안해."

"풋, 당신은 너무 착해. 귀엽기도 하고."

손을 잡고 거리를 걸었다.

적어도 미국에서는 현주를 아는 사람이 별로 없으니 자유롭게 거리를 걷는 즐거움이 꽃처럼 피어났다.

거리는 아기들을 데리고 나온 부부들과 다정한 연인들로 북적거렸다.

우리는 그들 사이에서 한가한 오후를 즐겼다.

이제 우리도 유진이와 현진이를 데리고 거리에 나올 날이 있겠지.

이런 시간도 지나가겠지.

그러면 또 이 시절을 그리워할 날이 올 것이다.

삶은 원래 그런 것이다.

항상 행복한 인생은 없다.

슬픔이 있어야 기쁨이 더 빛난다는 것을 나이가 들어야
알게 된다.

14장

심야 토크쇼

코미디언 데이비드 레터맨이 진행하는 심야 토크쇼인 레터맨 쇼는 생각보다 일찍 촬영 일자가 잡혔다.

원래 워렌 버핏과 빌 게이츠의 촬영 일정이 잡혀 있었던 중간에 내가 끼어든 것이다.

아마도 워렌 버핏이 아파서 내가 대타가 된 듯하였다.

방송국의 설명에 의하면 버핏은 영상통화로 잠시 참여할 예정이었다.

특별한 주제는 없지만 부자들의 사회적 의무에 대해서 이야기할 모양인 것 같았다.

그렇지 않다면 그 둘이 함께 쇼에 나갈 일이 없을 것이다.

미루어 짐작해 보면 빌 게이츠가 쇼에 같이 나가자는 것도 그렇고 말이다.

CBS의 레터맨 쇼의 작가와 프로듀서가 일주일 전에 와서 녹화할 내용에 대해서 이야기를 나눴다.

상당히 세심한 부분까지 컨트롤하려는 의지가 엿보였고 여러 가지 배려도 많이 해주었다.

그는 나에게 더 기빙 플레지에 대해서 이야기를 해줬다.

더 기빙 플레지(The Giving Pledge : 기부 서약)는 빌 게이츠와 워렌 버핏이 시작한 세계적인 부호들의 기부 서약이다.

억만장자들이 자신의 생전이나 사후에 재산 50% 이상 기부를 서약해야 가입할 수 있는 재단으로 10억 달러 이상을 가진 부호들 가운데 이미 69명이 동참했다.

영화감독 조지 루카스와 페이스북의 마크 주커버그도 동참했다는 말에 깜짝 놀랐다.

이 재단에 이미 2,000억 달러가 기부되기로 약속되어 있다고 한다.

미국의 부자들은 더 좋은 세상을 만들기 위해 자신들의 몫을 포기하는 모임을 끊임없이 만들고 있다.

미국은 월스트리트의 탐욕에 대해서는 비난을 하지만 부자들에 대해서는 대단히 관대한 나라다.

우리나라에는 시간이 더 지나야 이러한 문화가 정착될 것으로 보인다.

우리나라는 너무나 갑자기 산업구조가 바뀌어 급조된 부자들이 정당하지 못한 방법으로 돈을 모았기에, 국민들은 부자에 대한 동경과 경멸감을 동시에 가지고 있다.

사람들은 역사가 있어야 제대로 된 방법들을 배우게 되는데 우리에게는 너무 시간이 없었다.

나는 사람들에게 하나의 방법을 제시하고 싶었지만 너무 일찍 언론에 노출됨으로 원치 않는 일들을 겪게 되었다.

하지만 동원&현 재단은 내가 하려고 했던 일들을 더 잘 해나갈 것이다.

더 많은 사람과 전문가들로 구성된 팀이 모여서 말이다.

나는 왜 빌 게이츠가 같이 쇼에 나가자고 하는지 알았다.

더 기빙 플레지의 회원은 아니지만 전 재산을 살아생전에 기부했기에 제안한 것 같았다.

녹화 날 CBS의 본관에 도착하여 잠시 기다리자 빌 게이츠와 조지 루카스가 왔다.

조지 루카스는 시간이 나서 잠시 들렀다고 했다.

옵서버로 참석하다가 간다고 했다.

원래 기획 의도는 워렌 버핏과 빌 게이츠가 '더 기빙 플레지'에 대해 설명하고 부자들의 동참을 바라는 것이다.

"반갑습니다, 빌 게이츠 씨. 그리고 영상으로 보게 되는군요, 워렌 버핏 씨. 그리고 한국의 이열 킴 씨. 특히 이열 킴은 놀라운 동양의 젊은이입니다. 그는 1년 전에 빌 게이츠 재단에 18억 달러를 기부했는데 이번에는 47억 달러를 다시 기부한다는군요. 놀랍습니다. 그리고 그는 나머지 재산은 모두 한국에 기부한다고 하는데요, 와우, 놀랍군요. 도대체 얼마의 재산이 있었는지가 궁금한데 잠시 후에 여쭤보도록 하겠습니다. 오늘의 레터맨 쇼, 이제 시작합니다."

녹화가 시작되자 방청석에서 박수가 터져 나왔다.

자유롭고 활발한 분위기였다. 내가 생각한 대로 녹화가 흘러갔다.

중간에 잠깐 조지 루카스가 나와 인사를 하고 이야기를 하다가 들어갔다.

그리고 나에 대한 질문이 본격적으로 시작되었다.

"갑자기 캐스팅된 이 매력적인 젊은 억만장자 이열 킴은 한국 최고의 부자입니다. 그리고 무수히 많은 기업에 투자해서 놀라운 수익률을 올렸습니다. 워렌 버핏도 놀랄 정도의 수익률이었는데, 어떻게 하신 것입니까?"

나는 데이비드 레터맨의 질문에 간단하게 대답을 해줬다. 그리고 왜 이렇게 빠른 시간에 재산을 기부하게 되었는지에 대해 말했다.

"신이 내게 허락한 재능을 이웃과 나누는 것입니다. 훌륭하신 부모님, 아름다운 아내, 사랑스러운 딸들. 그리고 제 자신이 가진 엄청난 부를 혼자만 누린다면 신이 노할 것입니다. 전 재산을 기부를 한다고 하더라도 저는 여전히 부자 아내와 아버지를 두고 있습니다. 적어도 밥을 굶을 일은 없지요."

"그럼 이제부터 무엇을 하시겠습니까?"

"아이들과 놀아주기를 하겠습니다. 그리고 아내와 함께 산책을 하고 커피숍에서 소설을 쓰겠습니다."

"굉장하군요. 그렇게 되면 해리포터와 같은 작품이 혹시 나오지 않을까요?"

"저도 그렇게 되기를 바라지만 그것은 힘든 일입니다. 그런 작품이 쉽게 나오지 않을 것이라는 것을 알고 있으니까요. 그래도 잘하면 한 500권은 팔리지 않을까 싶은데 잘 모르겠습니다."

나는 빌 게이츠와 워렌 버핏과도 인사를 했다.

이제는 이들을 만날 일이 이제는 없겠지.

그들에 비하면 나는 가난뱅이가 되어버릴 터이니 말이다.

*   *   *

촬영을 마치고 집에 온 다음 날에 온 가족이 함께 외식을 하자고 제안했다.

아버지와 어머니가 좋아하셔서 다행이었다.

어머니는 요리는 잘하시지만 하시는 것을 별로 좋아하시지는 않는 편이셨다.

그래서 한국에 있을 때에도 음식을 하시는 분이 따로 있었다.

미국에서는 아직 사람을 구하지 못해 어머니가 음식을 하시고 계셨기에 어머니는 외식하자는 말에 쌍수를 들고 환영을 하셨다.

옆에서 그러시는 어머니를 보고 아버지가 껄껄 웃으셨다.

예약을 한 이탈리안 레스토랑에 가서 여러 가지 음식을 보며 원하는 음식을 시켰다.

난 웨이터에게 모든 음식을 짜지 않고 달지 않게 해달라고 주문했다.

서양 음식은 짜거나 달아 동양인이 적응하기가 쉽지 않다.

물론 맛은 좋지만 살찌는 소리가 들리는 것이 미국 음식이다.

이렇게 먹으니 미국 사람들이 비만에 쉽게 걸리는 것이다.

애피타이저로 푸딩과 샐러드가 나왔지만 아이들만 푸딩을 조금 먹었을 뿐, 나도 현주도 별로 먹지 않았다.

어머니가 바닷가재를 좋아하셔서 메인 요리로 그것을 시켰다.

요리가 나오고 스테이크와 파스타, 그리고 바닷가재를 서로 나눠먹으며 즐겁게 식사했다.

바닷가재는 무척이나 커서 한 마리로 두 사람은 배부르게 먹을 수 있어 보였다.

유진이와 현진이는 특히나 외식을 좋아했다.

아이들은 일단 집을 나와 뭐를 한다는 것 자체가 좋은지 집을 나설 때부터 기분이 좋아 보였다.

게다가 음식이 아이들 입맛에 맞는지 굉장히 많이 먹었다.

"엄마, 맛있어요."

유진이가 바닷가재의 다리를 집고는 입안 가득 먹으면서

말한다.

이 레스토랑의 좋은 점은 음식이 먹기 좋게 나온다는 것이다.

딱딱한 바닷가재의 껍질도 쉽게 꺼내 먹을 수 있게 손질이 되어서 나오기에 현주가 옆에서 아이들을 챙겨줄 수 있었다.

어머니는 모처럼 저녁거리에서 해방되었다고 행복한 표정이시다.

현진이는 할머니 옆에서 볼이 미어터지도록 먹어대고 있었다.

모처럼 만의 나들이라서 그런지 온 가족이 집을 나섰다는 것 자체가 즐겁고 행복했다.

그리고 제법 맛이 좋은 음식을 먹으니 더 좋았고.

저녁을 먹고 나와 거리에서 아티스트들의 연주를 잠시 들었다.

사람들이 노래가 끝나자 1달러나 동전을 작은 박스 안에 넣는 것을 보고 유진이와 현진이에게 1달러씩 주어 통에 넣게 했다.

아버지와 어머니는 거리의 공연을 조금 보시다가 먼저 들어가신다고 하셔서 운전사가 모시고 갔다.

"어머, 혹시 서현주 언니 아니세요?"

뒤를 돌아보니 귀여운 여자아이가 현주를 보고 반갑게
말을 걸었다.

"아, 한국인이세요?"

"네에, 저 언니 팬이에요. 어머, 언니 딸들이에요?"

"그래요, 호호."

"안녕!"

"안녕하세요."

"안녕."

나는 말없이 현주의 팬이라고 자처하는 어린 소녀를 바
라보았다.

그리고 나를 보고는 고개를 숙여 인사했다.

"김이열 회장님, 안녕하세요."

"네, 반갑습니다."

어린 소녀임에도 불구하고 내가 동원산업의 회장이었던
것을 아는지 정중하게 인사를 해왔다.

"우리 아빠가 그 회사 다녀요."

"……?"

"동원산업요."

"아, 난 이제 그만두었는데."

"그래도 아빠는 여전히 회장님, 회장님 하시면서 오빠 이
야기를 해요. 아 참, 오빠라고 해도 괜찮죠?"

"물론이지, 나야 뭐 예쁜 숙녀가 그렇게 불러주면 고맙지. 그런데 이곳은 어쩐 일이니?"

"아, 아빠 휴가여서 여행 왔어요. 아빠가 엄마하고 요즘 사이가 안 좋거든요. 조금 전에도 엄마가 아빠에게 화를 내고는 호텔로 돌아간다고 해서 지금 따라갔어요. 조금 있으면 올 거예요."

"아, 참. 그렇군. 즐거워야 할 여행인데 조금 안되었네."

"늘 보는 모습이니까 이제는 신경도 안 써요. 죽일 것같이 싸우다가도 다음 날은 서로 껴안고 막 그래요."

"아, 참 다이나믹하게 사시는군."

"히힛."

소녀의 이름은 차윤희.

중학교 2학년인데 학교 출석은 현장학습으로 처리한다고 한다.

그게 될지는 나도 모른다.

한참 후에야 두 부부가 다가오더니 남자가 깜짝 놀라면서 '회장님, 여기는 웬일이십니까?' 한다.

참 이런 우연이 또 있나.

그는 동원산업 선물팀의 차인석 과장이었다.

"반갑습니다, 세상이 참 좁긴 하네요."

"그러게 말입니다."

"어머, 안녕하세요, 회장님. 그리고 사모님."

"네, 안녕하세요."

"사모님……?"

현주는 사모님이라는 소리를 처음 들어서인지 어색해하면서도 좋아하는 것 같았다.

"그런데 여기는 어떻게?"

차인석 과장이 눈치를 보며 물었다.

회사를 그만두었지만 동원산업에서의 나의 영향력은 조금도 줄어들지 않았다.

그것은 동원&현 재단의 자금 대부분을 동원산업에서 관리하기 때문이었다.

그리고 나는 재단의 일에는 관여하지는 않지만 이사로 있기에 동원산업과 완전히 무관한 것은 아니었다.

"여기서 가족 모임을 가졌습니다. 어머니와 아버지는 먼저 들어가시고 저희는 남아서 거리의 공연을 보고 있었죠."

"아, 네."

나는 회사에 있을 때에 직원들과 그다지 친하게 지내지 않았기에 이국의 땅에서 만난 차인석 과장과는 서먹서먹했지만 윤희가 아이들과 함께 놀아준 덕분에 급격하게 가까워졌다.

역시 부모가 된 입장에서는 아이들은 공통의 관심사였
다.

이미 나는 퇴사했기에 차인석 과장을 마냥 부하 직원으
로 대할 수 없어 그냥 서로 편하게 지내기로 했다.

차인석 과장은 나의 이런 제안에 무척이나 난감해했지만
그의 부인은 아주 좋아했다.

"호호, 그럼 기념으로 사진이나 같이 찍어요."

"그러죠."

사진을 같이 찍고 잠시 이야기를 하다가 그들과 헤어졌
다.

유진이와 현진이는 윤희가 마음에 들었는지 계속 그 언
니에 대해서 집으로 오는 내내 이야기하였다.

아이들이란 의례 그러하듯 쉽게 친해지고 또한 잘 잊는
다.

*　　　*　　　*

집으로 돌아와 며칠을 보내고 나는 미국에서의 생활에
적응하려고 노력해 갔다.

레터맨 쇼가 방영되고 남은 일을 마무리하려고 동원&현

재단에 연락해서 담당자들을 미국으로 오라고 했다.

모든 준비를 해서 말이다.

이미 한국에 있을 때 내 의도를 정확하게 말했기에 즉시 법무팀을 대동하고 나동태 회장과 최경호 이사가 미국으로 날아왔다.

"또 뵙습니다, 회장님."

나동태 회장이 웃으며 인사를 했다.

"어서 오십시오. 이제는 회장은 아니지요."

"제게는 한 번 회장은 영원한 회장입니다."

나동태 회장이 손을 꽉 쥐며 말했다.

잠시 차를 마시는 시간을 가지고 법정대리인을 통해 재산을 기부하는 것을 시작했다.

모든 주식을 동원&현 재단에 기부하며 세금과 관련된 모든 제반 사항은 그쪽에서 알아서 다 처리하기로 했다.

그들이 돌아가고 나서 나는 약간 허탈했다.

그토록 많은 시간을 투자하여 번 돈이 이제는 내 것이 아니게 되었다.

시원하면서도 섭섭했다.

내가 쓸쓸하게 정원에 서 있으니 현주가 다가와 안아주며 말했다.

"이제 우리 신랑, 거지 되었네요."

"당신이 먹여 살려야지. 우리가 연애할 때 택시 안에서 했던 말 지켜야 해."

"걱정하지 말아요. 당신은 마음에 드는 소설이나 쓰세요."

"그래야지."

나는 이제 모든 것이 끝난 줄 알았다.

그러나 데이비드 레터맨 쇼가 방영되고 나서 또 문제가 생겼다.

론스타가 대변인을 통해 유감을 표하고 자신들의 투자는 정당했다고 하면서 나를 비난하고 나선 것이다.

데이비드 레터맨이 미국에 기부를 한 것에 대해 내 의견을 물었을 때 외국 기업들이 외환 위기일 때 한국의 기업을 헐값에 사서 되파는 과정에서 탈세를 한 것에 대해 조금 언급을 했더니 시비를 거는 것이었다.

모든 문제는 혀에서 시작된다고 하더니 끝내려고 했던 싸움이 새로 시작되는 것 같았다.

별다른 말도 하지 않았는데 도둑이 제 발 저린다고 하더니 그들의 행위가 그 짝이었다.

나도 구체적으로 론스타라고 지칭을 하지 않았고 론스타도 두루뭉술하게 말했지만 서로가 무엇을 말하는지 알 수 있을 정도로 내용은 명확했다.

론스타는 텍사스 주에 설립된 폐쇄형 사모펀드다.

전 세계적으로 180억 달러의 부동산을 가지고 있으며 그 중 아시아에 75%가 집중되어 있다.

"가만히 있으면 중간이라도 가는데."

나는 아무 말도 하지 않고 동원&현 재단에 위탁한 재산 중에서 일부를 이용하여 론스타가 하는 일을 방해하라고 했다.

동원&현 재단은 내가 위탁한 주식 중에 일부를 처분하고 서 론스타가 하는 일에 경쟁 입찰을 하면서 빠지기를 반복 했다.

어떤 경우에는 부동산이나 기업을 사기도 했지만 그런 경우는 몇 번 되지도 않았다.

동원산업이 내가 의도한 것을 명확하게 파악하고 제대로 하고 있는 것이었다.

론스타를 좀 괴롭혀주되 손해가 가지 않는 선에서 하라 고 했더니 동원산업의 자산부가 나서서 적당히 그들을 약 올리고 있었다.

동원&현 재단에 위탁한 재산이 45조 정도가 된다.

자산 운용면에 있어서 론스타보다 훨씬 크다.

착한 것은 잔인하거나 괴팍한 것보다 훨씬 사람들에게 우습게 보이는 것 같았다.

론스타와 같은 사모형 펀드들은 대부분 쓰레기일 확률이 높다.

주주의 이익을 극대화하기 위해서 수단과 방법을 가리지 않기 때문이다.

국제 투기 자본이 외환 보유고가 취약한 나라를 휘젓고 나면 이중대로 들어가는 것들이 바로 폐쇄형 사모펀드다.

론스타의 외한은행 인수 같은 경우는 적법한 절차를 거치지도 않은 주제에 큰소리를 치니 약이나 올려주라고 한 것인데 생각보다 론스타가 곤란한 경우를 당하는 것 같았다.

론스타는 수익을 내야 하는 다급함이 있지만 동원&현 재단의 자금은 말 그대로 은행 수익만 나와도 아무 문제가 없는 돈이기 때문이었다.

악인들은 뻔뻔한 동시에 염치까지 없는 경우가 많다.

국제 투기 자본은 탐욕의 끝에 이른 자들의 돈이 모인 것이다.

원유와 곡물을 사재기하고 이익을 위해서 남의 나라의 경제를 뒤흔드는 일에 주저하지 않는다.

나중에 들은 소식이지만 론스타 때문에 동원&현 재단은 적지 않은 돈을 번 모양이었다.

전문가 옆을 따라다니며 훼방을 놓다 보니 적지 않은 노하우를 습득한 것이었다.

그래도 재단에서 투자한 수익에 대해서는 세금만큼은 꼬박꼬박 내고 있었다.

15장

도시의 주인

가을이 되어가고 있을 때 잠시 한국에 들렀더니 어떻게 알았는지 기자들이 공항에 몰려들었다.

나는 기자회견을 따로 열겠다고 말하고는 공항을 떠났다.

역시나 아직은 무리였다.

예감대로 모든 재산을 기부해도 사람들의 호기심은 떠나지 않았다.

일단 너무 큰 기부 금액에 놀라서인 듯했다.

8개월 만에 보는 서울의 거리는 바로 어제 본 그 모습 그대로였다.

집에 들러 가볍게 샤워를 하고 동원&현 재단에 들렸다.

이제 완전히 서류가 갖추어져서 마지막 사인이 남은 것이다.

너무 큰돈이라 처리하는 데 생각보다 시간이 걸린 듯하였다.

"수고하셨습니다."

"그렇군요. 이제는 정말 가난뱅이가 되었군요."

"허허허, 왜 이렇게 하셨습니까? 그냥 발표만 기부한 것으로 해도 될 터인데 말입니다."

"그러면 참된 자유가 없으니까요. 이제는 나동태 회장님과 차경호 이사님이 이 재단을 잘 이끌어 주십시오. 재단 이사장은 비록 현주이지만 집사람이나 저는 경영에는 일체 관여하지 않겠습니다. 월급 주시는 거나 받아 챙기겠습니다."

"허허허, 그래도 감사를 할 때는 나오셔야 하지 않습니까?"

"시간이 나면 들리도록 하지요."

이후 한 시간 정도의 기자회견이 있다.

회견실로 자리를 옮겨 기자들을 만났다.

100여 명이 넘는 기자가 모여서 눈을 빛내고 있었다.

"안녕하십니까? 김이열입니다. 이제 저도 평범한 사람이 되었군요. 제가 전 재산을 기부한 것에 대해서는 아마도 재단 측에서 이야기를 할 것입니다. 몇 가지 질문만 받고 저는 다시 가족들이 있는 미국으로 가겠습니다."

말이 끝나자마자 사진기자들의 플래시가 터졌다.

나는 어서 끝나기만을 원했다.

그래야 완전히 평범한 일상으로 돌아갈 수 있으니 말이다.

"XX일보의 우연희 기자입니다. 회장님께서 그 많은 재산을 사회에 기부하는 이유는 무엇입니까?"

나는 단발머리를 단정하게 빗은 여기자를 바라보았다.

미인형의 얼굴에 피부까지 고운 그녀가 말을 마치자 나는 살짝 미소를 지었다.

이제부터 시작이다.

긴 여정의 끝이 오늘의 결과에 달렸다.

"돈은 돈일 뿐입니다. 필요 이상의 돈은 의미가 없습니다. 평범한 일상에 도움이 되지 않아 부를 버리기로 한 것입니다. 제 삶은 돈보다 더 소중하니까요."

"그렇다면 혹시 기부 액수를 밝혀주실 수 있으신지요."

"이번에 동원&현 재단에 45조를 기부하였습니다. 이제까지 빌 게이츠 재단에 7조를 기부했고 동원&현 재단에는

53조를 냈군요."

여기저기서 술렁거리는 소리가 들렸다.

"미디어 ㅁㅁ의 조동환 기자입니다. 기부를 하신 후에 원하시는 대로 예전으로 돌아가실 수 있을 것 같으신가요?"

"잘 모르겠습니다. 여러분들이 저를 찾지 않으신다면 그렇게 되지 않겠습니까?"

45조의 기부는 사상 초유의 일이라 방송 3사와 종합편성권을 가진 몇몇 방송국에서도 와서 취재를 하고 있었다.

"△△일보의 이영희입니다. 기부를 했지만 실제의 소유는 서현주 씨가 재단 이사장으로 되어 있습니다. 이렇게 본다면 대기업의 재산 상속과 뭐가 다른가요?"

나는 그녀를 보고 어이가 없어 웃었다.

"여러분들이 착각하고 있는 상식이 하나 있습니다. 그것은 전문 경영인이 회사를 운영하면 좋을 것이라는 막연한 상상입니다. 그러나 사실은 전혀 그렇지 않습니다. 그 예를 들어, 월스트리트의 전문 경영인들은 자신의 월급을 챙기는 것에만 관심이 있었지 기업의 사회적 의무나 책임에 대해서는 지독히도 관심이 없었습니다. 그들은 1년에 200억 안팎의 연봉을 받는데 회사가 쓰러져 갈 때도 자신의 월급을 우선적으로 챙겼습니다. 만약 그 사람이 주인이었다면 그렇게 했을까요? 그렇지 않았을 것입니다. 주인은 회사가 망하면 자신에게 막대한 손실이 나는데 그까짓 월급 몇 푼을 중요하게 여기지는 않았을 것입니다. 그는 분명 자신의 재산에서 추가적으로 투자했을 것입니다. 저는 그렇게 생각합니다. 길거리에 주인이 없는 돈 100억이 쌓여 있다고 가정해 봅시다. 그러면 여러분은 어떻게 하시겠습니까? 도덕을 지키기 위해 한 푼도 안 가져가시겠습니까? 물론 그러신 분들도 있으시겠지만 대부분은 자신의 주머니를 채우려고 할 것입니다. 그렇게 한다고 하더라도 아무도 비난하지 않을 것입니다. 왜냐하면 주인이 없는 돈이니까요. 마찬가지로 오너가 없는 회사의 종업원들 역시 그렇습니다. 부의 세습이라고요?"

나는 기자들을 둘러보았다.

나는 이러한 질문이 나올 것이라는 사실을 이미 알고 있었다.

어디든 사물을 삐딱하게 보는 사람들이 있게 마련이다.

"기자님은 날카로운 비판 의식은 있는지 몰라도 숫자 감각이 없으시군요. 막말로 제 딸이 재단을 물려받게 되었다 칩시다. 그러면 53조를 투자하여 제 딸들이 얼마의 연봉을 받아야 수지타산이 맞는 것일까요? 그리고 지금은 제 아내가 재단을 책임지고 있으니 그녀는 회사로부터 받는 돈이 적어도 2조 5천억 정도는 되어야 은행 이자라도 될 터인데 그만큼 받을 수 있다고 보십니까? 재단에 근무하는 직원들의 연봉은 모기업인 동원산업에 의해 책정이 됩니다. 그러니 그렇게 많이 받지는 않을 것입니다. 아마 제 아내도 금전적으로 재단에서 월급을 받는다 하더라도 이전에 그녀가 배우를 하면서 받은 금액에 비해서는 많이 부족할 것입니다. 건강한 비판은 좋지만 생각을 해보고 비판하시기 바랍니다. 정말 소박한 일상으로 돌아가려고 있는 재산을 탈탈 털어 사회에 기부했는데 그렇게 보시는 것은 곤란합니다. 저는 분명히 이야기합니다. 기부한 돈은 절대 돌려받지 않을 것입니다. 이미 돌려받을 수 없게 서류 처리가 다 되어 있으며 공증까지 받았습니다. 그러나 제가 기부한 재단이 방만하게 운영되고, 게다가 제대로 감사도 받지 않는 비리로 얼룩진 그런 곳이 되지 않기 위해서 주인 없는 곳으로 만들지는 않을 겁니다. 제가 완전히 손을 털면 누가 좋겠습니까? 아마도 그렇게 되면 직원들 연봉은 기하급수적으로 올라갈 것이고 또 다른 부패의 온상이 될지도 모릅니다. 분명 제가 운이 좋아 모은 재산이기는 하지만 그렇다고 아무런 노력도 하지 않은 것은 아닙니다. 정말 이 돈을 모으기 위해 밤을 지새운 날이 많습니다. 어떤 사람은 돈을 벌기 쉽다고 말하지만 그것은 돈을 버는 요령을 좀 더 알 뿐이지 쉽게 버는 돈은 없습니다. 고객이 맡긴 돈을 잃지 않기 위해 정말 노심초사를 했습니다. 그리고 그 덕에 저는 많은 돈을 벌었습니다. 제가 여기에 쏟은 시간과 정성이 평가절하되어서는 안 됩니다. 이 돈을 벌기 위해 미국으로 가서 래리 페이지를 비롯한 사람들을 만나 투자 협상을 하고 그들을 설득하려고 노력했습니다. 이게 쉬운 일이라고 생각하면 여러분이 한번 해보십시오. 제가 이 말씀을 드리는 이유는 평범한 시민으로 돌아가고 싶어 전 재산을 기부하는데 이런 것조차 색안경을 쓰고 보시기 때문입니다. 여러분, 이렇게 색안경을 쓰고 보면 부자들은 절대로 기부를 하지 않을 것입니다. 오늘만 봐도 부자들을 이렇게 생각할 것입니다. 봐라, 돈을 몽땅 갖다 바쳤는데도 사람들에게 비웃음이나 당하고 있다니, 젊은 친구가 불쌍하군. 이렇게 생각하지 않겠습니까? 기자님들에게 부탁을 드립니다. 제가 사심이 있어 기부를 했다 칩시다. 그 일로 혜택을 받는 개인과 기업이 얼마나 많은지 아십니까? 또 대학에서 연구만 하시던 교수님들의 특허가 외국의 특허 공룡에게 헐값에 팔려나가고, 전 세계에 특허로 등록된 것이 얼마나 많은지 아십니까? 아마도 그 교수님들 중에서 세계적인 부자가 나올지도 모릅니다. 비판은 하십시오. 그러나 건강한 비판을 하시기 바랍니다. 그래서 그 비판을 토대로 더 좋은 일을 할 수 있게 말입니다. 제발 부탁입니다. 누가 누구를 죽였다, 이런 나쁜 보도만 하지 마시고 이 사회의 밝은 면도 같이 보도해 주시기 바랍니다. 여러분이 우리 사회의 어두운 부분만 보도하니 우리의 어린 청소년들이 지레 겁을 집어먹고 살기 싫다고 난리를 피우는 것 아닙니까? 부자들에게 의무만 강요하지 마시기 바랍니다. 이렇게 사심 없이 전 재산을, 동전까지 탈탈 털어서 기부를 해도 저 사람은 뭔가 뒤로 빼놓았을 거야, 이렇게 보시는데 어느 누가 기부를 하겠습니까? 할리우드에 가면 바닥에 손도장을 찍어주는 데가 있습니다. 일명 명예의 전당입니다. 거기에 등록된 배우들은 굉장히 자부심을 느낍니다. 성실 납세하고 많이 벌어서 직원들에게 많은 월급을 준 기업가들, 부자들에게도 그런 명예로운 자리를 만들어 주십시오. 여러분이 나쁜 놈이라고 욕하는 그 부자들이 세금을 38%나 내고 있습니다. 저는 자진 납세로 작년에 2,290억가량을 냈습니다. 뭘 더 하라는 것입니까? 안 내도 되는 돈을 냈는데 말입니다. 이런 저에게 부의 세습을 논하다니 문제가 있습니다. 분명히 말합니다. 저는 일상의 소중함을 다시 느끼고 싶어서 기부를 했고 이 돈들은 절대 돌려받을 수 없게 되어 있습니다. 제가 가지고 있는 것이라고는 지금에 비해서 상대적으로 좋지 않았던 그때의 커피숍 하나와 딸기와 샤방이가 소속된 연예소속사, 그리고 YM 주식뿐입니다. 이것도 커피숍을 빼고는 모두 위탁 관리하고 있으며 수익금은 제가 가져오지 않습니다. 이것을 이렇게 한 이유는 국민들에게 기쁨을 주는 직업에 대한 제 나름의 애정 때문입니다. 그리고 비상장 회사의 주식이 조금 있습니다. 아직 상장을 하지 않아서 제가 처리를 해야 할 문제가 남아 있는데 이는 추후에 생각을 해 보겠습니다. 딸들에게 물려줄 것인지, 아니면 이것 역시 기증을 할 것인지 말입니다. 어쨌든 지금 처리할 수 있는 재산은 모조리 처리했습니다. 이제 아까 말씀드린 몇몇 건을 제외하고는 저에게는 아무것도 없습니다. 53조를 기부했는데 제게 뭐가 남았겠습니까? 국민 여러분께 양심선언을 합니다. 저, 이렇게 해도 서민들에 비하면 부자인 것은 확실합니다. 하지만 제가 기부를 한다는 서류에 사인을 하기 전과 비교하면 빈털터리입니다. 제 양심에 비추어 오늘 말씀드린 것 외에는 아무것도 없습니다. 이제 저는 일상으로 돌아가 평범한 삶을 살아도 되겠습니까? 언론이 저를 더 이상 찾지 않고 제가 길거리를 딸들과 같이 걸어가도 '야, 아무개다' 이렇게 말하지 않는 그런 날이 올까요?"

나는 드디어 긴 말을 마쳤다.

잠시 적막이 흐르고 우렁찬 박수가 일제히 터져 나왔다.

폭발적인 환호였다. 나는 고개를 숙여 인사를 하고 기자 회견을 마쳤다.

이제 평범한 일상을 즐길 수 있을까?

나는 미국으로 돌아가는 비행기 안에서 생각에 잠겼다.

나는 한동안 미국에서 더 머물 것이다. 사람들이 나를 잊을 때까지.

시간이 지나면 평범한 삶을 살 수 있을 것이라고 생각했다.

그리고 일면으로는 그 생각이 맞았다.

매스컴은 관심을 껐다.

동원&현 재단에서 나에 대해 보도를 하는 방송이나 신문에게 적대적 M&A를 할 수도 있다고 말하자 나에 대한 관심은 거짓말처럼 사그라졌다.

내가 할 일은 동원&현 재단이 대신해 주고 있었다.

막강한 자본을 가지고 부당한 방법으로 하청업체를 압박하는 회사는 뜨거운 맛을 보곤 했다.

중소기업을 지원하다 보니 공정하지 못한 계약 관계로 인해 고통을 받는 회사가 너무나 많았기 때문이다.

이런 기업을 혼내주는 일은 생각보다 어렵지 않다.

한두 기업만 혼내면 알아서 긴다.

순이익을 아주 조금 적게 낸다 하더라도 회사를 빼앗기는 것보다는 낫기 때문이다.

동원&현 재단이 그런 일을 할 수 있는 것은 그것이 하나의 거대한 문화가 되었기 때문이다.

불의한 사회를 개인이 고치기란 요원한 일이다.

그래서 나는 처음부터 이렇게 하나의 거대한 단체를 만들 생각을 했다.

나는 라인홀드 니버의 『도덕적 인간과 비도덕적인 사회』를 신봉하는 사람이다.

개인은 정의로울 수 있지만 기업이나 단체는 절대 그럴 수 없다.

개개의 이익이 너무나 첨예하게 충돌하기 때문이다.

그래서 나는 동원&현 재단에 감사 기능을 굉장히 강하게 만들어 놓았다.

특히나 돈의 집행은 한두 사람이 할 수 없게 만들어 놓았다.

우리가 살아가는 도시에는 무수히 많은 사람이 모여 살아가고 있다.

각자 다른 사랑과 각자 다른 인생의 이야기가 시간의 길이만큼 있다.

우리는 어디서 와서 어디로 가는지도 알지 못한다.

종교적이고 철학적인 이야기가 아니라 그냥 내 삶 자체가 그렇다는 것이다.

단 한 번도 내가 다시 과거로 돌아올 수 있다고 생각하지 못했었다.

　그리고 비참했던 내 삶이 이렇게 행복하게 될 줄은 예상도 하지 못했다.

*　　　*　　　*

　빈털터리가 된 나는 타임스퀘어 광장을 거닐며 내 인생에 행운을 준 운명에게 내 헌신이 이해되었을까 생각했다.

　이제 나를 위해 살아도 될까?

　이전까지 무척이나 행복했지만 10년의 세월 동안 돈을 벌면서 오직 이 순간만을 위해 달려왔었다.

　나처럼 이기적인 인간이 이렇게 할 수 있는 것도 다 내 주변의 고마운 사람들 덕이고 운명의 여신이 내게 행운을 선물해 주었기 때문이다.

　나는 거리를 걸으며 내게 또다시 물었다.

　이제 나를 위해 살아도 될까?

　지금까지 살아온 삶도 나의 행복을 위한 것이었지만 이제는 온전히 내 가족과 부모님을 위해서 살아도 내 양심에 부끄럽지 않을까 생각했다.

　대답은 '아니다'였지만 내게 다른 방법은 없음을 너무나 잘 알고 있었다.

이제는 내 짐을 나눠서 짊어져 줄 많은 사람이 있다.

그들은 동원&현 재단을 통해 어려운 이웃을 돌볼 것이며, 부당한 대우를 받는 중소기업을 위해 법률적 자문을 해줄 것이다.

내가 혼자 평생을 사회에 헌신하는 것보다 더 큰일을 그들이 해주고 있다.

우리의 사회가 변하려면 개인이 아닌 제도가 개선되고 게임의 룰이 바뀌어야 한다.

전능의 프레벨을 소유한 자로서 폭력을 두려워해 왔던 것은 나의 개인적 성향 때문이기도 하였지만, 그렇게 폭력을 사용해서 얻을 수 있는 것이 너무나 적다는 것을 알고 있었기 때문이었다.

혼자 걷는 것보다, 둘이 걸으면 외롭지 않다.

둘보다는 셋이 가는 인생이 재미있는 법이다.

나는 내 미천한 마법사의 직감을 이용하여 돈을 벌고, 그 돈으로 자신을 희생해서 다른 사람을 돕는 것이 아닌, 나름 풍족한 월급을 받으면서 다른 사람을 돕는 동료들이 생기기를 원했다.

돕는 사람이 행복하지 않으면 진정으로 남을 도울 수 없다.

그리고 오래 그 일을 할 수도 없다.

시민단체에서 일하던 나상미 변호사가 결국은 다시 법률 회사에 취직한 이유도 같은 것이었다.

시간이 지나, 동원&현 재단이 존재할 이유가 없어질 그 날이 오기를 소원한다.

그런 날이 오기를.

낙엽이 떨어지는 공원의 길은 마냥 행복하게 보였다.

이 자유가 어디서 오는지 나는 알고 있다.

나는 앞으로 행복할 것이고 나를 아는 사람들도 행복하게 살아가기를 원한다.

우리는 정말, 그럴 수 있을까?

묻는다면 나는 대답한다.

물론이다, 라고 말이다.

Epilogue

나는 시간이 흐르면서 천천히 늙어갔다.

마법을 더 이상 배우지 않은 탓도 있었지만 오래 산다는 것이 축복만도 아니라는 것을 너무나 잘 알고 있었기 때문이다.

마법을 대성하면 자크 에반튼처럼 1,000년 이상을 살 수도 있었다.

드래곤 하트가 아공간에 그대로 남아 있어 불가능한 일도 아니었다.

그러나 나는 오래 산다는 것만큼 고단한 것도 없다는 것을 알고 있었다.

현주와 손을 잡고 길을 걷기도 하고 여행도 같이했다.

나는 다시 사는 삶이 행복했다.

사랑하는 사람과 같이 늙어간다는 것은 정말 매력적인 일이었다.

그리고 사랑하는 사람과 같이 아침을 맞이하며 계절이 변해 가는 모습을 지켜보는 것은 경이로웠다.

나는 전생의 아들이었던 민우가 대학에 합격한 날 그를 만났다.

너무나 잘 자라주었고 무엇보다 살아 있어주어서 고마웠다.

보는 것만으로도 벅차 눈물이 흘러내릴 것 같았다.

가슴이 먹먹했다.

마침내 내 인생의 최대의 실수였던, 아들에 대한 미안한 마음도 완전하게 접을 수 있게 되었다.

그동안 김미영이 내게 맡긴 돈을 찾아서 주었다.

그녀는 내가 준 통장을 보고 너무 놀란 나머지 바닥에 떨어뜨렸다.

나는 무엇보다 민우의 몫으로 하는 투자에 가장 신경을 썼다.

그래서 내가 내민 통장의 액수는 그녀가 상상한 것에 비해 몇십 배는 컸다.

내가 해줄 수 있는 것은 이런 것밖에 없었지만 그래도 민우를 위해 무엇인가를 할 수 있어서 좋았다.

민우는 정말 그녀를 닮아 미남이었다.

그리고 따뜻한 마음씨를 가진 청년으로 바르게 성장했다.

*   *   *

페이스북이 상장하고나서 내 지분이었던 5%가 큰돈으로 불어나는 것을 지켜보았다.

너무 커진 돈에 고민을 했지만 이제는 나에게 신경을 쓰는 사람이 없어서 그대로 가지고 있었다.

나는 이 돈으로 명가를 만들고 싶었다.

경주 교동 최씨 부자처럼 누구나 인정할 수 있는 가문을 만들어 보려는 시도는 결국 성공하지 못했다.

딸 둘이 모두 개구쟁이로 자라서 진지한 것에는 도무지 관심을 보이지 않았던 것이다.

유진이도 나이가 들면서 유쾌한 성격으로 변했다.

그 누구보다도 현주를 가장 많이 닮아버렸다.

또 시간이 흘러 딸들이 결혼하는 것을 지켜보며 가슴이

떨어져 나가는 아픔을 두 번이나 겪고 이제는 딸들이 행복하기를 바랐는데, 늘 부부 싸움으로 친정 오는 것을 밥 먹듯 하더니 결국 집으로 들어와 살았다.

내가 아버지 집에 빌붙어 살았듯이 큰딸이 그렇게 살고 있었다.

그러면서 엄마 아빠가 심심해하실 것 같아서 왔다고 말했다. '정말이니?' 하고 내가 진지하게 묻자 입을 다물었다.

우리는 언제나 이렇게 살아가겠지.

자식을 사랑하며 어찌할 수 없는 것들에 대해서는 아쉬움과 그리움을 가슴에 품고.

그러면서 언젠가는 내 삶을 진지하게 뒤돌아보는 날이 올 것이라 생각하며.

동원&현 재단은 지난 세월 동안 놀라운 일을 하였다.

사회를 변화시킬 수 있는 많은 법률을 제정하는 데 지원했고, 기업의 사회적 책임뿐만 아니라 생산성의 향상에도 많은 기여를 했다.

재단의 영향력으로 대기업이 중소기업의 기술 혁신을 도와 동반 성장을 해나가면서 많은 일자리가 새롭게 생겨났다.

동원&현 재단이 동원산업에 위탁한 주식들은 시간이 지

나면서 재산이 불어나서 이전보다 더 거대한 규모가 되었다.

이제는 유진이가 재단 이사장을 하고 있다.

그 아이는 현주와 달리 의욕적으로 일을 했는데 가정생활과는 달리 재단 일은 굉장히 잘했다.

나는 유진이를 불러 왜 그렇게 부부 싸움을 하냐고 물었더니 '아빠, 엄마처럼 사는 것은 재미가 없어서' 라는 말을 듣고 뒷목을 부여잡았다.

그래도 내 딸들아, 행복하게 살아라.

짧은 인생을 천 년처럼 즐기며 살아라.

나는 조용히 눈을 감았다.

그동안 살아왔던 시간의 축복에서 나는 비로소 놓여났다.

나를 노려보던 드래곤의 붉은 눈이 나를 떠나며 미소를 지었다.

『도시의 주인』완결

FANATICISM HUNTER

광신사냥꾼

류승현 판타지 장편 소설

FANTASY FRONTIER SPIRIT

「블레이드 마스터」의 류승현 작가가 펼쳐내는
판타지의 새로운 신화!

마도대전을 승리로 이끈 유리언 대륙의 영웅,
최강의 아크 메이지 제온!

그러나 '세상의 섭리'에 아내와 아이를 빼앗기는데……

『광신사냥꾼』

만약 그것이 정말로 세상의 섭리라면,
그마저도 무너뜨리고 말리라!

복수를 위한 제온의 위대한 여정이 시작된다!

Book Publishing CHUNGEORAM

유행이 아닌 자유추구 -
www.chungeoram.com

HERO2300

FUSION FANTASTIC STORY

영웅2300

말리브 장편 소설

「도시의 주인」 말리브 작가의
특급 영웅이 온다!
『영웅2300』

돈 없는 찌질한 인생 이오열,
잠재 능력 테스트에서 높은 레벨을 받았지만

"젠장, 망했어! 되는 일이 하나도 없어!"

하필이면 최악의 망캐 연금술사가 될 줄이야!

그러나 포기란 없다.

최악에서 최고가 되기 위한
오열의 이야기가 시작된다!

Book Publishing CHUNGEORAM

말년병장, 이등병되다!

에바트리체 장편 소설

FUSION FANTASTIC STORY

대한민국 남자라면 알고 있을 바로 그 이야기!

『말년병장, 이등병 되다!』

전역을 코앞에 둔 말년병장, 이도훈.
꼬장의 신이라 불리던 그가 갑자기 훈련병이 되었다?!

"…이런 X같은 곳이 다 있나!"

**전우애 넘치는 군인들의
좌충우돌 리얼 군대 이야기!**

LORD
RAY SHADE
FANTASY FRONTIER SPIRIT
영주 레이샤드
한승현 판타지 장편소설
저주받은 영지 아베론의 영주 레이샤드.
열다섯 번째 생일날,
정체불명의 열쇠가 그의 운명을 바꾸었다!
『영주 레이샤드』
시험의 궁을 여는 자, 원하는 것을 얻으리니!
시련을 극복하고 새로운 땅의 주인이 되어라!
레이샤드의 일대기가 시작된다!
Book Publishing CHUNGEORAM
유행이 아닌 자유추구 -
www.chungeoram.com

FANATICISM HUNTER

광신사냥꾼

류승현 판타지 장편 소설

FANTASY FRONTIER SPIRIT

「블레이드 마스터」의 류승현 작가가 펼쳐내는
판타지의 새로운 신화!

마도대전을 승리로 이끈 유리언 대륙의 영웅,
최강의 아크 메이지 제온!

그러나 '세상의 섭리'에 아내와 아이를 빼앗기는데…….

『광신사냥꾼』

만약 그것이 정말로 세상의 섭리라면,
그마저도 무너뜨리고 말리라!

복수를 위한 제온의 위대한 여정이 시작된다!

Book Publishing CHUNGEORAM

유행이 아닌 자유추구 -
WWW.chungeoram.com